斯奸文集

随笔卷

写作的女人

斯奸 著

人民文学出版社

斯妤，女，当代作家，中国作家协会全委会委员，中国散文学会常务理事。

1980年开始写作，已出版散文集、小说集二十多部。代表作有散文集《两种生活》、《斯妤散文精选》，小说集《出售哈欠的女人》等。

曾获"鲁迅文学奖"、"庄重文文学奖"、"紫金山文学奖"，两度获"当代女性文学创作奖"。其散文既先锋又典雅，既绮丽又深情；小说则奇崛诡异，灵动饱满，熔沉重与幽默、悲剧与荒诞、现实与幻想为一炉。作品受到青年读者和知识女性欢迎，并被译成英文、法文、德文介绍到国外。现居北京专业写作。

不让自己仅仅是"自己"

(代序)

林丹娅

二十多年前,少女斯妤站在她家乡闽南海边番薯地的青青藤蔓里,挂着锄头想起她刚读过的一篇小说,忽发预感:"我相信自己此生将是一个作家。"

当一个人在说自己经历不多而能感到很多的时候,当一个从来不喜怒形于色的人说"有一种眼泪是从心里流出来"的时候,当一个一贯周正平和的人说出"先锋是一种精神"的时候,当一个历来就讷于言语的人说出"语言是我钟爱所在"的时候,我们不得不相信,有一种作家的潜能,正从她的身体内部苏醒。平顺的生活秩序,庸常的生命节律因为她的出现而打破了惯常的表现形态与运行轨迹。斯妤,就是这样一种现象的命名。它首先表征了被它命名的生命所具有的诗性气质,接着标示了她以文学抵达诗性生活的一种言语方式。一九八〇年,斯妤开始文学写作,而散文作为一种文学样式,曾经是她的最爱。"我近乎执拗地在散文这个小小的空间里着力耕耘,发愿要在它的内涵、形式、风格上有所拓展。"这真是斯妤化了的文学言志,全然突破了她一贯温良恭谦的态度,于是从第一本散文集《女儿梦》开始,到迄今为止出版的《两种生活》《感觉与经历》《文字内外》等散文集中,我们可以清晰地看到她对上述理念持恒不懈的追求:上世纪八十年代初期对"三家模式"的反叛,力图在散文中表现以真为宗旨,以善为极致的审美情趣;一九八五年后转为对人生荒诞与人性荒谬的审丑思考;而九十年代前后萌发的女性意识的自觉,不仅使她的散文内涵增添了文化历史的质感,而且也增添了思想的厚重感与浓郁的思辨色彩。斯妤对散文文体写作的偏好,对拓展其形式与内蕴的执着,成全了她在散文方面的建树,使她以散文名家蜚声文坛。文评家吴义勤曾指出斯妤的那些带有终极意味的形而上追问的散文,改写了散文"轻文体"的形象,提升了当代散文的品格。这个评价应该说是恰如其分的。如此看来,斯妤的出现,即便就是为了散文写作,那么至此也算是功成名就了。然而,斯妤的作家使命似乎还不止于此,散文文体的写作似乎并未全面开发出作家斯妤的潜能。散文也许可以直接宣泄她的情感,也能充分体现她的智性,它给我们带来平实的生活气息,也不乏思想深度的冲击与震撼,但它并没有完成把她带入真正的文学创造中去的使命,因为文学绝不止于真实的表述或记录。文学与所有真正的艺术一样,它更能体现世界上所有事物本质之间的联系,以及这种本质联系与作家想像力之间的奇特关系。

或许是出于作家特性的感召,或许是出于内心表达的需要,一九九三年,斯妤暂时结束了如日中天般的散文写作而转向小说领域。如果说写散文的斯妤,还在人们的料想之中,那么斯妤写的小说,可就大大出乎人们的意料了。一向温柔敦厚,并以散文写真名世的斯妤,作起小说来却一反常规,出手凌厉,风格怪诞,立意高远,内涵繁复,意味深长。一种洞明世事的清澈与鞭辟入里的尖刻,把个众生相,尤其是女生相的本质,通过充满想像力的架构入木三分地铺陈给我们看,令人触目惊心。如《狂言》中的"我"在失态后的狂出真理:"我不是透彻之后才善良(更彻底的善良),而是善良导致了不透彻。所以我说我更像个瞎子而不像是圣徒。"斯妤把人性方面一个十分微妙的症候揭了开来:善良有时就是怯弱的美化与托词,所以看起来对人满怀善意的人,走到后来却只有对人的恐惧。《浴室》把这种人性的荒诞表现得更为具像化了:一个常常受制于人,不敢说"不"的怯弱女人,通过一次幻想式的境遇改变了她一直想改变的现状。饶有意味的是,用幻想替代现实恰恰是女人逃逸现实的通病,幻想的力量后面是真实的无能。因此,当女人也用这个方法去改变她的色狼上司——女性生存恶劣境遇的象征时,他反而得以如愿以偿地占有了女人的身体。此时,身体被锐痛刺激的女人才真正如梦初醒。如果想了解女性主义"身体写作"的真正涵义,这个文本倒真是一个十分形象的诠释:也许头脑还在接受并制造幻觉,只有身体感受才会真正道破真相。斯妤的叙事揭示了女性在性别关系中不仅弱势而且劣势的生存形态、心理形态与反抗形态。对现实的逃逸,结果是被现实罩牢。女性幻想式的反抗反而成全了男性的梦想而成为男性的现实、女性的梦魇。斯妤在小说中充分施展了她对事物本质的认识,故事被她以荒诞的形态所呈现,人生与人性的荒谬尽在其中流露无遗。《出售哈欠的女人》、《竖琴的影子》就是她此类小说的代表作,当这些小说惊艳文坛时,一个文学的斯妤真正诞生其中:在笨拙的言谈举止后面,是思想的灵动与锋芒毕露;在循规蹈矩后面,是诡异狡黠的横空出世;在躯体的懒散惰性后面,是汹涌澎湃不能止息的内心生活;在粗糙的日常事务后面,是精细入微的观察与思考;表面的随和、懦弱后面,是敏感、尖锐、执着、特立独行。当斯妤写出这些小说时,我们才能真正理解罗兰·巴特把作家区分为两类是什么意思:一类作家写重要事物,一类作家不写重要事物而只写人。他觉得后者才是真正的作家。而对于斯妤来说,她起码以此实践了她的口出狂言:"不让自己仅仅是自己"这样一个貌似简单实则极具伟大的目标。

目 录

不让自己仅仅是"自己"(代序)……………………林丹娅 001

故事诞生 …………………………………………………001
写作的女人 ………………………………………………003
语言魔方 …………………………………………………005
颗粒 ………………………………………………………008
裂变与再生 ………………………………………………013
人在北京 …………………………………………………016
寄远方 ……………………………………………………019
文字内外 …………………………………………………024
先锋是一种精神 …………………………………………029
阅读与沉思 ………………………………………………032
一种方式 …………………………………………………038
倾听,阐述,与追踪 ………………………………………042
给梦一把梯子 ……………………………………………045
流放者 ……………………………………………………049

作为另类 …………………………………… 051

背弃与钟爱 …………………………………… 053

睁着眼睛的梦 ………………………………… 056

摹拟与表达 …………………………………… 058

按键 …………………………………………… 060

源于内心 ……………………………………… 064

写在新年边上 ………………………………… 067

我对文学心存感激 …………………………… 069

假作真时真亦假 ……………………………… 072

两种生活 ……………………………………… 077

读书的历史 …………………………………… 079

无法藏匿的自我 ……………………………… 082

升腾与坠落 …………………………………… 085

时间是无声无息的流水 ……………………… 088

轻与重 ………………………………………… 090

好作品主义及其他 …………………………… 093

真实的魅力 …………………………………… 096

理想生活 ……………………………………… 098

柴米油盐书 …………………………………… 101

境界 …………………………………………… 103

闲暇的滋味 …………………………………… 105

感觉与经历 …………………………………… 108

生病 …………………………………………… 111

幻想者 ……………………………………… 114
简单生活 …………………………………… 117
中医比西医更接近真理 …………………… 120
夜晚的奥秘 ………………………………… 122
在炉火前梦想 ……………………………… 124
造茧与呼喊 ………………………………… 126
年头岁尾 …………………………………… 128
你写只是因为你喜欢 ……………………… 131
真想替张爱玲说几句话 …………………… 133
有一种眼泪是从心里流出来的 …………… 135

吃梦 ………………………………………… 139
以袜结绳 …………………………………… 141
有些词 ……………………………………… 143
去冬思绪 …………………………………… 145
人面兽心与蝇营狗苟 ……………………… 149
某种渴望 …………………………………… 151
也是叹息 …………………………………… 154
一封信,永不付邮 ………………………… 157
诗人的悲剧 ………………………………… 160
人性——永恒的面孔? …………………… 163
荒谬及其他 ………………………………… 166
人对于人只是一种表面 …………………… 170
交友之道 …………………………………… 173

愚钝的女人 …………………………………… 176

随想二题 ……………………………………… 180

冥想黄昏 ……………………………………… 183

给灵魂一席之地 ……………………………… 190

诗歌,从庸碌的生活中升起 ………………… 192

江城走笔 ……………………………………… 195

家园 …………………………………………… 198

关于美 ………………………………………… 200

爱情是风 ……………………………………… 204

漫无边际 ……………………………………… 210

运动 …………………………………………… 215

手房子 ………………………………………… 217

巧巧手 ………………………………………… 220

语词 …………………………………………… 222

文章作法 ……………………………………… 225

家事 …………………………………………… 229

自己的孩子 …………………………………… 232

强者存,弱者亡 ……………………………… 236

另一种方式 …………………………………… 239

问号 …………………………………………… 241

规则 …………………………………………… 244

如今谁最忙? ………………………………… 247

儿童崇拜 ……………………………………… 250

一封信 …………………………………………………253
改变一生的一句话 ………………………………256
女人花钱 …………………………………………258
感觉与印象 ………………………………………260
古老的话题 ………………………………………263
我的家在哪里 ……………………………………265
也说足球 …………………………………………267
关于生活 …………………………………………269
序与跋 ……………………………………………273
文学人生 …………………………………………276
女性散文及其他 …………………………………280

跋 ……………………………………………………………283

故事诞生

从中学时代起,我就发现我的哈欠多得出奇。课间打,课下打,饭前打,饭后打,睡觉前打,睡醒起来还是打。曾经有一次,因为在课堂上哈欠连天(而且嘹亮无比),我将语文老师狠狠得罪了。语文老师抛开她的文静与典雅,气呼呼地叫我起立,命令我当着全班同学的面,连打三十个嘹亮壮阔的哈欠。

那三十个必须当众打出的哈欠自然打不出来,语文老师很快理解了这一点,只好任我哼哼哈哈,不了了之。我事后羞愧难当,从此一有哈欠便百般压抑,生怕它又不知天高地厚,如雷滚出。

事隔二十年,有一天我发现我又忘形地打出嘹亮无比的哈欠了。当时在场的是我的先生和孩子,所以我不必为自己的忘形道歉。这时,一个想法像霹雳一样不期而至,我脱口说道:

我要写一篇关于哈欠的小说。

没有人理我。

我只好又说:

关于出售哈欠的小说。

仍然没有人理我。

关于出售哈欠的女人的小说。我加上了吸引人的性别色彩。

还是没有人理我。

家里人全都知道我的毛病。他们知道我常常兴之所至，异想天开。他们对于我的信口胡说就像对待我的连天哈欠一样，总是取一种宽容的、不予计较的态度。

可是这一次我并不是信口胡说的。不久我就打开电脑，敲出了《出售哈欠的女人》这个题目。

小说写了一个多月，收笔的时候，我对自己说，"出售哈欠"的想法是不期而至的，而《出售哈欠的女人》所表达的，却不是不期而至的。

它是我好长一段时间以来苦苦思索，至今仍未完全解开的一个"结"。

（1996年）

写作的女人

当我置身于本界别之外的人群之中时,我常常下意识地隐瞒我的职业。我以本名相告,我顾左右而回避有关职业的话题。当问题直截了当,让人无法回避时,我便以编辑或记者来给自己的职业命名。并非我势利,因为如今作家这种身份已失却往日风光,变成一种带有几分尴尬的角色,不是的,我的下意识回避与其说是势利,不如说是害羞。当我不得不承认我是作家时,我常常会多少陷入一种窘迫的状态。

这其中的真正原因其实只有一个:因为你是一个女人。

记得有位同行,当她美丽的面容出现在某刊物的封面上,一时不平之声四起:有这样漂亮的脸蛋,还写什么作?

发出如此不平之声的自然全是男性,相信女同胞们不会作如是观。男人们要求于女人的,可以很多很多,可以很复杂,也可以很简单,但是很少会要求或希望女人和他们一样思考,一样创造,一样或深刻深沉,或招摇过市。

这就是为什么在本界别之外的人群中,我往往羞于承认自己是个作家。我似乎不够从容,不能够做到面对他人怀疑猜测的目光,仍旧能够自由自在,谈笑风生。

自然也不愿意在一个本来简单的聚会上让人陡添疑惑，在心里嘀咕：这个看上去还正常的女人，她哪里出了岔子？

其实写作的女人和写作的男人完全一样。她们的交游不见得比男作家广泛，她们的生活不见得比男作家浪漫，她们的想像力不见得比男作家丰富。当她们关起门来读书思考时，她们完全忘了自己的性别，那份或冥思苦索，或上天入地的劲头，一点也不比男作家多或者少。而她们的作品受到好评时，情形也和男作家完全一样：或者因为确实好，或者因为有哥们儿助阵，摇旗呐喊。女作家既没有三头六臂，也不见得缺斤短两。

如果说女人比男人多点什么，那就是，女作家多一份"特权"。当她们受到好评时，鄙夷她们的异性可以作宽容状，说：女人嘛，有人捧。嫉妒她们的同性可以作切齿状，堂而皇之地将污言秽语、恶意歹意以一种正义良知的形式泼到她们的脑门上。

还有一点，当一个男人写得好并且拥有众多读者时（多为男性），他一定是大家风范，而当一个女人写得好同时也有众多读者时（多为女性），她充其量只是小家碧玉，不错而已。

(1995年)

语言魔方

我的老家有一句朴素之至却寓意深远的话,叫做:一种米养百样人。

年轻的时候,自然不懂,或者说不可能真正懂得这样质朴而深沉的话。一种米大概是晓得的,无论如何闽南一带除了大米也没有别的米,不像北方,有小米、黑米、玉米,还有和大米一样大小的大麦小麦。可是百样人呢?什么叫做百样人?百样人应该各个什么模样呢?

在众多饱受理想主义教育又迷恋文学的青年男女那里,人和米一样简单明白。男人嘛,不是保尔·柯察金,就是牛虻,而女人,自然不是卓娅就是冬妮亚了。

及至过了十年、二十年,见过了那么多的人,经历过了那么多的事,吃够了那么多的大苦头、小苦头,蓦然回首,方才明白,所有的经验、所有的感叹都早已在那简单之至的老话里了,那一句明白晓畅的"一种米养百样人"!

(就像见过了百态人生,回过头再读最原始、最本初的《新旧约全书》,你只好感叹佩服:所有的人性面孔、人生道理,《圣经》里都已提及!)

百样人之丰富之诡谲之芜杂之深不可测自然令我们感慨万千，它甚至还有可能使胆怯脆弱的我们从此对人心生恐惧，不再亲近。可是这时我们多么庆幸我们是执笔为文的啊。既然人使我们心生恐惧，不敢亲近，那么我们就画地为牢好了，我们就躲在自己的躯壳里好了。不必伸手伸脚，不必勾肩搭背，只需探头探脑，只需冷眼旁观。默默地观察、审视、研究，默默地勾勒、描写、再现，既不必身临其境，强迫自己做朋友、做敌人、做同事、做下级，也不必时而欢声笑语，时而匕首投枪——这是，真的，这是多么可庆幸的事啊！

明白了"一种米养百样人"之后，我们的反应和这句话一样简单直白。

只是这句话依然给我无限的联想。

那是关于语言的。

你想，汉语也是只有一种，汉语也像大米一样，不是一粒一粒就是一串一串，不是一串一串就是一堆一堆，可是只有一种的汉语能够衍生、派生、催生、诞生出多少不同的语意、寓意、情境、情景、风格、风采、思路、思维、内涵、外延啊！

套用前面那句老话，简直可以说：一种语言繁衍百样图景。

其实，岂止是百样图景？一种语言所能演化催生的，是无限的、无边无际的。

几千，几万，十几万个汉语词汇，就像一个大魔方，任你拼凑组合，变幻融汇。你或许写出一个故事，或许画出一个人，或许再现了几个场景，或许复制出一堆对话，或许将你那纷乱复杂的心绪或夸张变形地表现或摄影纪实般地拍摄下来……你想到的，它表达了，你没有想到的，它也悄没声地出现了。甚至你本来反对的、不赞成的、怀疑的,在那支沙沙移动的笔下,也不动声色地改变了。你背叛了你的初衷,你反对起你的本性,你一进入纸上世界,你就被纸上世界的五光十色所感染,你的枯寂、颓丧、无望,全都在这五光十色、喧嚣复杂的营构中,一点一点地遗失、消融、瓦解了。

你甚至重新找到了"活着"的依据,那就是:

建造一种纸上生活。

"不求改变现存,但求映照现存,思索现存。"你说。

于是,你越发天天埋首于那只有一种的汉语中,你着迷似的繁衍百样人生、百样图景,而忘记了真实生命只有一次。忘记了你的生命,将在日复一日的虚构中,一寸一寸耗尽。

(1996年)

颗　粒

　　第一次萌生写作念头是在农村插队的时候。记得那时正是农闲，经过整整一季的披星戴月，早出晚归，大家都松弛下来了，睡懒觉的睡懒觉，织毛衣的织毛衣。我百无聊赖，一天里大部分时间都躺在床上，乏了就睡，醒来就发呆，觉得生活无聊极了，无谓极了，少年时曾经困扰过我的疑问重新冒了出来：人为什么活着？生命为什么会终止？生活的意义在哪里呢？

　　也许因为生来敏感，很小的时候我就常常对着蓝天白云发呆，不知道世界是怎么来的？人为什么会死去？活着是为了什么？我尤其对死亡感到惊惧，对一个人突然从世上消失感到不可思议，惶恐不安。正在这个时候，有位知青同伴拿了他写的一篇小说给我看，要我提意见。看着那像颗粒一样既熙熙攘攘又井然有序地悬浮在纸上的文字，我突然心里一动：

　　写作，写作是可以拓宽生命、延长时间的！

　　就是在那个瞬间，写作这个念头像鬼一样钻进了我心里，而在此之前，我做梦都想进清华物理系，成为一个物理学家。

"时间是构成我的物质,时间是一条从我这儿攫取东西的河,而我就是这条河;时间是一团消耗我生命的火,而我就是这团火。"博尔赫斯的这段话表达了一直充塞在我心里但从没被明确表达过的想法。的确,促使我提笔的最初原因正是对于时光流逝的恐惧。而后来,当思想渐趋成熟后,我发现,它仍然是我写作的主要动机。

说主要是因为,还有别的东西,比如对语言的迷恋,比如写作时被语言所激活而进入的美妙的创造状态,这些同样是驱使我们提笔的重要因素。我相信,一个真正的写作人是天生的,这种天生不仅仅指才情,同时也指他对于语言魅力毫无二心的臣服,指他对于内心舒展、精神归依的重视。这份臣服和重视远胜于常人,足以抵御浮华喧嚣的物质世界的侵扰和诱惑。

执笔二十年来,虽然出于对语言既表达生活又遮蔽生活这种双重性的疑虑,也曾有过停笔的念头,但最终还是强烈地感到,即使你对语言有所怀疑,你也无法抵御语言的魅力。离开语言的生活对我们这些人来说已是不可能(我指的是书面语言、文学语言)。只有在阅读与书写的时候,我们才感到心安,感到愉悦。饱满的、富于张力的、充满表现力的语言总是使我们心旷神怡。

语言和现实的关系相当复杂。语言既是对生活的表达,又永远不可能真正表达生活,或者说彻底表达生活。这里面有语言自身的局限,比如它的单一、有序以及线性的结构,相对于复杂、混沌、毛茸茸、多维多面多变、乱丝一样纠结缠绕的生活，自然是杯水车薪，望尘莫及；也有操持语言的主体——人类的局限，比如人类运用语言表达生活的时候，往往表达的是对生活的评判以及对生活的理想、梦想，包括假想、妄想等等，而不是生活本身；又比如人类天生具有美化自己的倾向，总是不大能正视自己的卑微、自己的罪恶，我们的语言永远比行动美丽，比行动伟岸等等，这些决定了语言在表达生活的时候往往也同时遮蔽生活、掩饰生活。这就是为什么我们常常遭遇纸上世界和真实世界的巨大背离，为什么有"书读得越多越蠢"这样的感慨，为什么凭本能生存的人往往比靠理念支撑的人更接近现实的本质。

但是反过来，语言又不仅仅制造了上述尴尬，它当然也同时担负起了揭示本质的任务。毕竟人类的思想结晶、审美结晶等等最终大都浓缩成了语言的颗粒，在浩若烟海、扑朔迷离的语言苍穹里，永远都有真正的金子在发光、在闪烁。

而且，人类即使洞穿了语言的本质，即使意识到语言的巨大局限性，人也无法抛弃语言（仍然指书面语言、文学语言）。我们永远都会心甘情愿、别无选择地聆听它、向往它。语言是我们在茫茫黑夜中的萤火虫，即使它带有某种虚幻性，很多时候相当脆弱，却总是给我们以遐想、以希望。

对我来说，生活体验和想像力缺一不可。当然生活体验包括内心体验——有时内心体验甚至比外部经历还重要：两个人经历了完全相同的事，但由于性格、气质、敏感度的不同，这些事在他们心里留下的痕迹截然不同，或轻或重，或强或弱,完全依各人气质而定。所以,我总觉得,对作家艺术家来说,内心触觉相当重要。不能想像一个不敏感的人,一个对痛苦和欢乐缺乏强烈反应的人,一个对细节和幽微缺乏足够烛照力的人,能是一个好作家。

想像力同样至关重要。缺乏想像力的作家当然不可能是好作家。

写作时惟一应该遵从的是艺术准则。对我来说,这就是饱满、鲜活、深刻、新颖。市场的需求或读者的口味与真正的创作无关。同样,我相信好作品自有读者,虽然它不像大众读物那样,能够铺天盖地,引致街谈巷议,但它仍然有自己的读者——不会一时洛阳纸贵,但也不会空谷足音。事实上,有鉴赏力、有良好艺术感觉的读者相当不少,他们有时甚至比职业书评家更能切近作品本身。

有人认为形式只不过是一个酒瓶,重要的是里面装什么酒。这种说法猛一听没什么错,但细究起来就有问题。首先,瓶子有瓷瓶、陶瓶、玻璃瓶之分,瓶塞有木塞、水晶塞、塑料盖之别,不同质地的瓶子、瓶塞对同样的酒有不同的影响,将导致不同的芳香、口感、醇度,其"形式"绝对要影响其"内容"的。欧洲人饮酒根据不同的酒配不同的酒具,就是这个道理。酒杯的敞口大小将决定倒进去的酒氧化程度之快慢,从而影响酒的口感和芳香。所以,形式不仅仅是形式,它在一定程度上决定了内容。

一九八五年,《婉穗老师》使我明白了这一点。那一阵

"婉穗老师"的形象总是在我心里飘着,挥之不去,不写出来我就无法平静。但是当我开始动笔,我发现竟然"词不达意",好几个开头都被撕掉了——一直在我心里来来去去的形象我竟然无法表达它。后来,终于弄清了问题的症结:在我心里的婉穗老师是游动行走、飘忽不定的,也就是说素材是零碎断开、动感十足的,而我却想用常规的、严谨的、静态的结构去装它,当然要无功而返了。

明白问题出在哪里之后,我开始寻找适合的形式。它必须和素材的节奏、内蕴、形体相契合……很快,它呼之欲出了。找到它以后,我发现简直笔底生风,如有神助,心里的那个婉穗老师很快就栩栩如生地站在纸上了。

当然,从那以后,我高度重视形式。因为你深深认识到,每份素材都有一个最契合它的形式,只要找到这个形式,作品就自己站在你面前了。

(1998年)

裂变与再生

在我莫名其妙地迷恋散文这种体裁的那些年里,我也曾分心写过一些小说。那时小说对于我只是一种试验,我想看看我能把小说写成什么模样。我写过意识流小说,写过散文体小说,也写过黑色幽默小说,可是我并没有真正找到自己。每一次写作带给我的,都只是一种可能而已。于是我把小说放下了。我喜欢写作时如入化境,左右逢源,可那时只有散文能够给我这种感觉,于是我把小说扔到一边,又专心致志地写我的散文了。

渐渐地,我发现散文不能满足我了。散文是心灵的颤动,散文是情感的褶皱,散文是灵魂的呼吸,没有独到的发现、真切的体验,以及推推搡搡从心里涌出来的既细微又鲜活丰满的东西,是不可能有好散文的。可是散文的长处也是它的短处,它的亲历性决定了它所能承载的负重有限,所能展示的空间有限,所能发掘的内蕴也有限,而这些,小说是可以一一满足的。

当然,仅有这种认识是不够的。重要的是经过多年的积淀、梳理、酝酿(一方面是艺术上的汲取与裂变,另一方面是思想的积淀和成熟），我欣喜地发现，当我再提起笔来写小说时，当年那种生涩感、紧张感消失了，一种自由，一份裕如，使我的执笔不仅有劳作的艰辛，更有发现的欣喜和再造的愉悦。

在小说里，我发现自己更愿意放过我们表面的生存，而致力于捕捉其内在的、带有某种规律性的东西；我也发现自己对于人的情感方式不再那么兴趣盎然了，而更乐意发掘人性的纷繁复杂、诡谲莫测（在散文里我曾那么热衷于表现我们人类的情感）。同时，对于形式，我仍然有较高的要求，可是我不必再刻意寻求了，它常常不招自来，脱颖而出。

说它不招自来、脱颖而出一点也不夸张。一个作家，当他思想和艺术上的准备到达一定程度的时候，当他不仅仅有功力、有才情，同时也有文体意识和足够的创新能力的时候，当他不仅仅善于汲取、借鉴，而且能够裂变、再生的时候，契合于他的思想气质、适于组织结构他手里的素材、能够最好地表达他所要表达的内容，同时具有某种新素质的形式的确常常脱颖而出，不招自来。

我在写作《出售哈欠的女人》、《红粉》、《风景》、《梦非梦》等小说时，体验到的就是这种如有所使、不招而至的喜悦。

还有想像力。我总觉得无论是从我们的生存状态，还是就我们这个民族的天性而言，我们都非常需要拓展我们的想像力。

如果连文学艺术都不能带给我们片刻的飞翔，并且在这种片刻的飞翔中更清楚地认识我们自己和我们的处境，我们的生存又怎么可能多少摆脱一点拘谨和沉闷，同时接近某种清澈与深邃？

也许我在某些方面相当随和,在某些方面却苛刻而挑剔(就像我常常很不讲究地乱穿衣、乱吃饭,可是卧具与餐具却绝对要求整洁和干净一样),我常常不能赞赏某些有才情、见功力可是却缺乏裂变与再生能力的作品。我所欣赏赞叹的小说是既深刻又鲜活,既富于才情又焕然一新的。我要求自己为这个尺度终生努力。

(1995年)

人在北京

十五年前初识北京,北京让我失望得无以复加。想像中伟岸壮丽的璀璨京城,原来天那么灰,地那么秃,房子那么方方正正、混沌浑浊。人们套着灰的、蓝的、黑的圆桶般大衣,在春天肆虐呼号的遍地黄沙中艰难前行。我心里不禁疑窦丛生。我怀疑我这个看惯了红砖绿瓦,听惯了天风海涛的亚热带女孩,如何能够爱这一切并且渐渐以这一切为依据为屏障呢?

一个黯淡的黄昏,我沿着马路漫无目的地走。忽然,一丝凉意飘进颈间,接着,薄薄的短发下也凉意阵阵了。我抬起头,看见一丝一丝若有若无的东西正在天上若有若无地飘着。伸手去接,却只有一丝阴凉,一点湿润。我十分惊讶——到底是北方,连落雨都像落雪一般!谁知没多久,那一丝一丝的东西变成一缕一缕的,并且越变越大、越变越大,最后竟是鹅毛状的了,整个地面也全是雪白的了。我这才知道,原来这就是雪,雪就是这样开始的!——在这份不经意的神圣、不喧哗的美面前,我知道我对这个城市的看法全改变了。

我常想,北京是个很奇怪的城市。一方面高楼林立,车流如潮,一副现代大都市的气派;一方面却衰败古老,破旧的四合院乱岗子一样绵延,狭窄的胡同肠子似的四面八方伸展。走在北京狭长的胡同里,我常常会生出疑惑,不知道自己是哪个世纪的人,不知道自己置身于乡村还是行走于城市?

然而事实是,我却渐渐爱上这个复杂而奇怪的城市了。我常常站在寓所的窗前,凝视这个我蛰居了十五年的城市,倾听它起伏有致的街声市声,追踪它匆忙却也从容的脚步,在心里问自己,我为什么越来越离不开它了呢?

答案是不明确的。我至今也没有真弄明白我为什么眷念北京,为什么每次外出前,心里都会生出莫名的惆怅,仿佛是和热恋的情人握别?为什么到了外地,甚至是回到闽南故土,回到父母兄弟身边,深心里也常会泛起隐隐的置身异乡的感觉?

妹妹常常笑话我:姐姐越来越"北贡",越来越傻气了。

她说我"北贡",是因为我越来越乱穿衣、乱吃饭,全无闽南人食不厌精、装不厌丽的脾性;说我傻气则是因为我只认得读书写字,也只会读书写字,对外面那个越来越精彩也越来越纷纭复杂的世界无动于衷,不甚了了。

在故乡,我的这种做派被判定为不正常,回到北京,呵,北京真是我知心知音的恋人,息息相通的母亲!北京是会嘉奖我的"北贡"、鼓励我的"傻气"的!

人在北京——至少对我来说如此,心便安静、清明。嘈杂喧哗的物质世界退得远远了,思索的冲动、创造的冲动油然而生。

一九七八年我初到北京时,只是一个刚从乡下回城的"知识青年",一个只知人云亦云,人叫干啥就干啥的好孩子、乖孩子。如今十五年过去了,北京的风风雨雨,北京那桀骜不驯的人文精神,北京那不断涌动的探索激情,锻打造就了一个崭新的我。

　　对于相信"生命的标志惟有灵魂"的人来说,北京是一片精神故乡。

　　我很难想像,如果不是十五年前那次偶然的迁徙,如果不是终于移植到北方这片广袤而丰厚的土地,《斑驳》《流放者》等书如何诞生——北京这个城市实在是不可思议,我仿佛只要闻到她的气息,思想就会丰厚起来,心中就会充满激情,笔下的文字就会灵动飞扬起来。

　　这一点,只要从我在北京的行止就可看出——我在北京其实是深居简出,孑然独行,从来不曾真正融入它的生活的。

　　但只需北京的气息随风吹来,我心中的精灵就苏醒了。

(1993年)

寄 远 方

致 秀 亚

春节到了,你一个人在异国一定感觉寂寞。曾寄一张贺卡给你,希望它准时在除夕抵达,带给你一点快乐。

前些天将《流放者》一集编好寄走了,了却一桩事,心里轻松许多。此集多是两年来的新作,编好后自己也吓了一跳:往日的温馨情怀竟已消失一尽!这实在是世事变化太大,目之所及不由你不沉重。另一方面也因为年龄渐长,思想、心灵较前成熟,人生的艰难苦痛越来越多地压到心上来,所以不复轻松。

我现在越来越足不出户,很少交往应酬,十分清静。清静的好处就是可以多读书、多写作。我常觉得读书是非常美妙的事,它能使情感发生共鸣,心灵受到启迪,思想日益丰富。就我来说,读书还给我灵感。阅读中,与该书主题不相干的某个词、某个意境常常会突然极鲜明地跳到我的面前来,触发我的某种情感,拨动深心里的某一根弦。真的,读好书真是人生最美妙的享受之一,就像听美妙的音乐,看美妙的绘画一样。好书甚至胜过朋友、胜过恋人,只有它是最忠诚最执着地陪伴你照拂你的,只有它能够随召随到,在你最需要的时候给你的心灵以慰藉。

这两天我一直在想你的绘画,想你如何既有一个自由、轻松的创作环境,又不致成为无源之水、无本之木。尤其你的画笔并不是那种寄情山水、吟花弄月的,你是最能够也最应该记录中华民族灵魂的。这个民族的苦难,这个民族艰难的、令人泣下的求索,这个民族几代人的各式各样的灵魂,是你最广阔的表现领域,将给你永不枯竭的激情与灵感,同时也是你义无反顾应该去记录去表现的。你不是一个"装饰"画家、"情趣"画家,你也不应仅仅是"风情"画家。你的画笔,你的天赋,还有你所处的时代对你有更高、更特殊的要求。所以,你决不能脱离你的人民太久,不能和你的表现对象始终处于一种游离状态,至少,每年应有几个月泡在你的"源泉"中,体验他们的喜怒哀乐,倾听他们灵魂的呻吟与呼号。这样,那种强烈、真切、深邃的东西才有可能透过你的画幅极富感染力地表现出来。总之,我想你最好是既能有一种比较放松的心态和开阔的视野,又能保持和这片土地的血肉联系。

不过,我虽然说得如此肯定,这些意见还是仅供你参考。因为换一种思维,得出的结论就大异了。我的肯定其实是因为它也针对我自己。我近来越发感到我无法和这块土地剥离,虽然我常常感到很痛苦,但也许正是这种痛苦使我敏感、使我深沉,使我保持了某种激情,并且能够透视存在的意义,我愿意为它放弃其他的生命乐趣,包括自由,包括各种欢乐。

也许我说的这些、想的这些都太古典、太落后了,寄到置身工商社会的你手中会显出几分滑稽,你且姑妄听之吧。

(1991年初春)

致 唐 敏

九日函及大作拜读。很抱歉在这之前一直没有写信。

我近来很忙乱,思绪也乱,常常陷入一种茫然无谓的状态,不知自己是谁,不知为什么要这样整天地做这做那、忙忙碌碌。而在这种状态下,你知道,提笔的念头是不会有的。只能请你原谅了。

所谓"为人莫作妇人身",在这里又得到另一种印证了:大概只有女人会长年累月地为这种生理、心理的波动起伏、回旋往复所苦。当然,也大概只有女人常有机会因为低落与怔忡而重新思索存在、检视人生,并由此接近终极的善与悲悯。男人们(当然是一般而言)是永远雄心勃勃、虎视眈眈、跃跃欲动,不知逃避为何物、退让为何物、悲悯为何物的吧。

你对"故乡"的看法,我其实深有同感。我以前说过"女人无故乡",不仅仅因为旧时的女人连姓氏都随夫君,遑论故乡,而且因为"故乡"本质上是母性的,是爱、善、温柔、仁慈的化身,而女人自己就是母亲,就天然地倾向于善、爱、温馨、仁慈。古往今来,女人对故乡的思念、向往、崇拜,从来都不及男性一半的。

女人恋爱时,爱人便是她的故乡。女人生儿育女后,儿女便是她的故乡。女人热爱某项工作,投身某个天地时,那工作、那天地便是她的故乡——我不知女人是因此而更加狭隘短浅，还是因此而显得宽厚博大？

而且故乡就像爱人，有时间与空间阻隔时，你觉得它善，觉得它美，觉得它是你精神憩息的家园，而一旦你与它团聚，耳鬓厮磨，朝夕相处，你便要发现它的丑陋、狭隘与不胜其任了。

不仅仅故乡，大概所有美的、有价值的东西，都离不开时间、空间的环绕与陪衬。这大概也是功利的务实的人类常常要悲哀、苍凉的一个原因了。

关于散文的探索与创新，我这几年一直在努力，并希望能和同仁们一起形成一种声势。不是别的（如一般人常常顺手扣的帽子：赶时髦和拾人牙慧。事实上，散文方面也无牙慧可拾），而是痛感时代变迁，环境大异，人性流失，心灵困窘，原有的文体、形式、题旨、内蕴，都已不能完全传达当代人丰富复杂的内心世界以及他们所面临的荒诞与尴尬。当然更因为艺术本来就需要不断更新、发展、建树，没有哪一种艺术形式能装载、传达尽人类千秋万代的情感，就像没有哪一种哲学能穷尽人类生生世世的思索与探寻一样。其实这是最浅显的道理，但往往最浅显的道理最容易被人轻而易举地扔到一边去。

当然我并不是主张"唯新是举"，只要新的就是好的。事实上，有些貌似新颖，其实内蕴陈腐做作的东西，读后只会让人更倒胃口。关键是要有深厚、深刻的内涵，并真正找到与之同构的形式，这样的创新才是有价值的。

这些题外话，其实都是你的两篇新作引起的。《不留情》我觉得很好，真实、哀婉、动人。较之一般的礼赞故乡之作，它有更深一层的思考,它的动人之处大概也在这里。《从秋天到夏天》也有独到之处,只是我近来忙乱,于它那宁静的、古典的美有些距离。

你近来好吗？虽不常写信,但心里是时常惦念的。我想你我都是情绪型的人,那就在有情绪时多写信交谈吧。

(1992年夏)

文字内外

把自己和他人"混合"

我的小说写作始于1983年,但那时写得很少,因为那时我的心思全都在散文那儿。1988年转为专业创作后,时间充足了,我开始穿插着写起小说来。但是直到1993年,我才算真正放下散文,集中写起小说来。

对于我来说,小说的魅力在于其辽阔的想像空间、虚构天地。我们不能跳出自己的生活,散文也不能——散文的亲历性是那样强烈,那样突出,没有深切的体验,独到的领悟,是不可能有好散文的。而小说却可以"跳出自己",小说比起散文来,有大得多的自由,广阔得多的疆域。

我想这可能就是为什么在开始的几年里,我那么喜欢在小说里用第一人称的原因之一——在下意识里,我们或许愿意变成"另一种存在"、"另一个自我",以此来挑战"被规定"、"被限制"的事实?原因之二是,第一人称在深入人物内心、发掘角色心理方面有着天然的便利。当然,始料不及的是,这些第一人称作品由于出自女性之手,在后来被评论家们判定为"私小说"的小说蔚为大观时,竟也曾被误解为是自叙。

其实,在小说里,我恰恰喜欢附着在第三人称后面。在"她"的目光里,有我的视线,在"她"的言谈中,有我的音节,在"她"的迷茫、焦虑、困惑、震惊中,有"我"的感慨、发现、体悟——把自己和他人混合,甚至把自己变成他人,用凝视他人的目光凝视自己,是写作习惯使然,还是重新发现生活、梳理生活的需要?

就像米兰·昆德拉所说:"小说不是作家的自白。它是在世界已经变成了陷阱时,对陷阱中人类生活的探究。"

我所希望的是,我的探究无论在形式上还是在内涵上,都有独到而深入的资质,同时,它又能够和读者沟通,与读者共鸣。

如是,作为一个写作人,我所期望得到的便已经都得到了。

内心的声音

散文曾经是我最喜爱的体裁——在我迄今为止的写作生涯中,散文写作占据了将近三分之二的时间就是证明。它的自由、灵动、率真在很长一段时间里使我对它依依不舍。从最早的对于"三家模式"的反叛开始,我近乎执拗地在散文这个小小的空间里着力耕耘,发愿要在它的内涵、形式、风格上有所拓展,希望散文和小说、诗歌、戏剧一样,不仅仅有对传统的承袭,同时也有革新、创造和发展。

这种努力持续了十多年。1993年《斯妤散文精选》的出版对我来说意味着一个顿号。因为关于散文,我想做的,都尽力做了，我总算可以稍稍将它放在一边，去写那一直被我搁置一旁的小说了。

现在，重新筛选这十多年的作品，呈献到许多曾经偏爱我的散文的读者面前，我不无惶恐。工商时代，生活既日新月异又浮尘滚滚，我们这些固执地发出内心声音，固执地在一旁捕捉人性、打量人生的人，是否是一道不合时宜的风景呢？

逃离与返回

如果说散文（狭义的散文）是心灵的颤动、情感的皱褶，那么随笔就是思想的呼吸。年轻的时候我并不十分喜爱这种文体，那时候小说、戏剧、散文、诗歌都能够让我入迷（甚至六七年前读帕斯，也仍然深深被他所打动，曾戏称"爱"了他一个星期），但是人近中年，却渐渐发现随笔的可爱了。我用它来记录自己的疑惑，拓展自己的思索，澄清自己的视野——我发现它在记录思想方面有着别的文体所没有的天然便利，它非常可贵地可以"有话直说"。

当然这种"直说"并非扯着嗓子大喊大叫。好的随笔是生动、机智、含蓄、隽永的，它尽管是在直接表达思想（表达疑惑？），但它的表达仍然是艺术地表达。其中，分寸与"留白"是至关重要的。

忘了是谁曾经说过：只有诗人才知道他多么渴望不当一名诗人，渴望离开笼罩着令人耳聋的沉默和满屋子的镜子（大意）。我想补充的是，一个诗人在他逃离了令人耳聋的沉默和满屋子的"镜子"一段时间之后，他的最大渴望是返回，返回那弥漫着孤寂和沉默,并且装满"镜子"的房间。

我现在的渴望是离开,但同时我知道,下一个渴望一定是返回。

因为我们已经先天被注定了。我们无法不思索、不发问。

试图解开的"结"

1995年夏天起,长篇小说《竖琴的影子》的一些人物、片段开始频频在我脑海闪现,但我一直压抑着不去理它,因为在写了二十多万字的中短篇小说之后,我计划休息一段时间,认真读些书,好好清理一下自己的思路。我相当坚决地保持了这种态度,同时又允许它们——那些人物、场景、片段不时在我心里推搡穿行,抓挠挤迫。我在对它们的不断凝视中发掘多年来积累沉淀的思想,同时寻找所需要的形式。终于有一天(那已经是1996年的早春),我盼望的东西降临了,于是,我欣然动笔。

无须讳言的是,这部小说的内蕴是近年来纠结缠绕在我心里,又始终未能彻底排解理顺的一个结(仅就内涵而言,至于情节,它当然纯系虚构)。我意识到它不仅仅是个体生命的困惑,它实际上是人这个族类的困惑——只有人类能够如此升华理想(以及假想、妄想、幻想等等)来安慰自己,也只有人类能够在洞穿它的虚弱本质后依然心甘情愿、别无选择地聆听它、向往它。

至于形式,我愿意说明的是,我一向重视形式和文体,这部长篇也不例外。因为作为一个写作者,"形式即内容"这句话我有很深的体验。何况艺术本身最排斥的就是因循守旧、墨守成规。没有不断的革新、创造、裂变、再生，文学艺术的生命就停止了，它的宽大河床将日渐静寂、干涸。

希望细心的读者能够发现，这本书表达的困惑其实也是你的困惑。人类共同的东西实在太多了。

（1997年）

先锋是一种精神

现在谈先锋的确很不适宜。多少年人们不谈什么先锋了。先锋就像过期的标签，没有人再把它往自己脸上贴了。人们知道抛弃它更能够登堂入室。现在的时尚是回归传统——真的，传统才是永不衰落的时尚，就像服装界的旗袍、唐装、绣花鞋。

我想起这个话题也不是要挑战时尚。我只是今早醒来时，脑子里突然冒出了这句话。我的某根神经被它轻轻拨动了。我不再赖在被窝里了，我破例起了早坐到电脑前，因为我想和自己讨论这个话题。

"先锋"这个标签的衰落和作家这个职业的背时几乎是同时发生的。当我们热闹的、辉煌的、曾经万众瞩目的文坛渐渐淡出中国社会舞台中心时，先锋的消亡也是注定了的。皮之不存，毛将焉附？失落了肥沃土壤的文学如何哺育更加形单影只、落落寡合的先锋？被弃如敝屣是必然的了。

可是先锋的精神不应该消亡，就像文学也并没有真正消亡一样。

虽然"当今天下，经贸为先"，物质时代的人们崇尚财富，鄙夷精神——经济和贸易能够使人丰衣足食（当然也能使人破产），文学能够给人什么呢？严肃文学连欢乐都吝于施舍，它擅长眼泪，擅长质疑，它的价值是审美的思考，而不是锦衣玉食，人们凭什么要拥抱它呢？——可是即使如此，文学也还活着，它并未消亡，只是退居一隅，自说自话罢了。

消亡的似乎是先锋。先锋的旗帜、先锋的口号、先锋的标签这些年是鲜见了，人们乐做的是对先锋的反思。出版界更是视先锋为大敌。他们当然是对的，真正的先锋怎么可能带来滚滚财源呢？先锋又不是名歌星、名主持、名模名妓，先锋当然意味着死亡——利润的死亡。

我也乐于反思先锋。我自己定义的先锋是本质上的先锋，而不是皮毛，不是表面。当先锋是一支浩浩荡荡的大军时，它自然是泥沙俱下、鱼龙混杂，其中的皮毛和表面甚至远远多过本质和内里。这也可以解释为什么当时尚变脸时，这支大军那么容易溃散，那么容易偃旗息鼓。

当一个曾经热衷于先锋的作家渐渐回归传统时，人们欢呼传统的胜利。殊不知，很多时候这是作家对自己反叛的反叛，是在他长途跋涉后一次新的跋涉——从传统中汲取并合成新的叙事方式。贯穿其中的，仍然是超越，是前进。

我想对我来说，先锋是一种精神，而不是风。

它所代表的是探索、是超越、是创新、是对内涵与形式永不厌倦的开拓。这其实正是艺术的本质。试想一种艺术，无论音乐、美术、文学，离开了探索、超越和创新，它还能生生不息、亘古常新吗？如果我们的先人除了继承和模仿全无创造，我们的文学艺术长河，能有今日的波澜壮阔、绚丽多姿、蔚为大观吗？

艺术的本质当然是创造。

其实何止艺术,就是人类最普通的日常生活,也是离不开创造力的。没有电,没有汽车,没有飞机,没有电脑,没有互联网,没有这些源源不绝的发明创造,我们的生活会停顿在哪一处呢?同样,我们以后的生活还将改变,因为人类的创造力是无限丰富的。

所不同的是生活里的创造可以复制,可以变成商机无限,而艺术的创造是不可复制,一般来说,也是无法带来滚滚财源的。因此当市场机制建立起来后,难于牟利的艺术创造自然就陷入孤绝悲壮的境地,它的阵营出现妥协、出现溃散也就可以理解了。

只是我希望,也相信,只要文学存在一天,创新就不该消失。当各种飓风刮过,先锋作为一种精神,我愿它,遗世独立。

(2002年)

阅读与沉思

我消失了将近三年。三年里我写得很少,发表得更少。电话渐渐少下去,这让我感觉良好。我的朋友本来就有限,大多数电话来自编辑部,现在它们逐渐少下来了,因为我三番五次地让他们失望。安静重新一点一点地回到我周围,我多么感谢它。

在开头的两年里,我用了很多时间求医问药。我的胃功能曾经那么好,家人总是说我吃石头都能化,现在它却连一杯清水都应付不了。即使我滴水不沾,我的胃里也像撑着一个大气球,二十四小时里每分每秒都胀鼓鼓气呼呼。我无法忍受这样可恶的状况,所以在求医问药方面我比任何人都急切虔诚。总是希望一剂良方几服汤药就能把健康还给我。

但是健康却只在远处瞪着我。仿佛我是一个负心女子,再也得不到它的信任。不良指标居高不下,胃里的球体日复一日地坚实鼓胀,我的急切缓慢地、无可奈何地少下去……用了将近两年的时间,我才不得不承认,这是一场持久战,无论多么高明的医生,都无法在数日数月里将健康还给我。

我必须习惯和草药为伍。必须带着这个瘫痪的鼓胀的蛮不讲理毫不妥协的胃工作。

在我二十年的家庭生活史上,事情是颠倒的:柴米油盐是胡乱对付的,衣食住行是胡乱对付的,真实日子是胡乱对付的,认真对待的倒是"纸上生活"——虚拟的故事、虚拟的人物、虚拟的情境……

胡乱对付生活中所有事务的目的只有一个——尽快坐到书桌前,继续那已经开始、欲罢不能的文字。

说来惭愧,除了照顾儿子是全力以赴、尽心尽职的以外,生活中的几乎所有事务都曾经被我看做负担。这或许因为自己是一个极端的一心不能二用的人,当重心倚在"虚构生活"上面时,真实生活就被滤掉了,它成了一种恼人的没完没了的负担,一条始终在甩当然也始终无法真正甩掉的影子。

现在,这一切都改变了。曾经一天不看书不写作就烦躁不安的人,有一天突然觉得自己可笑之至。所有的文字,无论别人的还是自己的,无论杰出的还是平庸的,都让我感到厌倦。我怀疑它们犹如怀疑这个世界的众多事务。

真正的生活这个时候才算登场?

柴米油盐、衣食住行不再是胡乱打发的了,它们成了你真正握在手里的东西,它们甚至是你生存的依托——不仅仅在物质的意义上,同时也是在精神的层面上——它们以其琐碎与芜杂吸附你,使你免受虚无的侵扰。每一天,当太阳冉冉升起,当市声渐渐嘈杂,当车水马龙熙熙攘攘地在你眼前展开时,你提着菜篮,感到了一份真切、一份实在。

那常常环绕左右的空旷寥落渐渐远去。那曾经不依不饶的极端、执拗渐渐退色。生活不在字里行间。别人的无病呻吟和自己的无病呻吟听起来同样刺耳。

矫情,造作,狭隘,尖刻,夸夸其谈,好高骛远,这样的毛病你沾染了多少?

我不止一次地审视自己。

在隔壁的院子里,有一间很大的车库,现在它成了民工们的住所。

每天晚上我散步路过那儿,都会闻到阵阵恶臭。盛夏酷暑,车库的铁门大敞着,里面的肮脏、浑浊、混乱一览无遗——大通铺、煤气灶、泔水桶、夜壶,随处可见的锅碗瓢勺,横着竖着的光着上身大汗淋漓的青年……唉,那不是人的生活,那是猪狗的生活。

我知道我的感伤没有任何用处,就像面对崎岖的山道不忍登轿上山的旅客,轿夫们不会感激你,反而诅咒你。因为你的不忍令他们空手而归,令他们连猪狗的生活都难以为继。

我只知道相比之下,我们的文字太苍白了,我们的呻吟太浅薄了。真正的苦难是无法咀嚼的,它连回味的余地都没有。

在那一刻,我是那么强烈地希望,我的职业不是咬文嚼字,我的擅长不是冥思苦索。我宁愿自己的所能更实在一些,宁愿自己有一双点石成金、化腐为奇的手。

写作是一种慢性自杀。玛格丽特·杜拉说得相当准确。她是敏锐的。她还说,手握权力的男人和写作的女人一样,他们都比常人更具备性方面的魅力。这一点,我想是她过于自得了。(或者说她过于自卑因而极力要掩饰这份自卑?)

问题是,是什么使我们选择了慢性自杀?

可笑的是当年我提笔写字,既不是被生活所触动更不是为了建功立业,那时把我从清华大学物理系的酣梦中拽出来的,是对消亡的畏惧,对时间的膜拜。十七岁的我在农闲季节的知青宿舍里焦虑不安,不是因为生活艰苦、前途渺茫,而是突然体悟到生命的脆弱、时空的广袤、个体的无助与无奈!我一连几天蜷缩在昏暗的房间里,一边发呆一边冥思苦索,试图找到超越时间、超越死亡的道路……

文学就是这个时候像鬼一样钻进了我心里。读着一位知青同伴的小说手稿,看着那密密麻麻工工整整的字迹,我蓦然了悟:写作,写作是可以战胜时间、超越生命的!

非常悖论的是,有可能战胜时间、超越生命的写作同时也是慢性自杀。它是一盏半明半暗的油灯,既照亮时间也耗尽时间。它销蚀你,熬干你,直至灯枯油尽。

真正的才情是无法掩埋的,同样,真正的平庸也是无法矫饰的。尴尬的是平庸总是像水一样四处漫延,而才华凤毛麟角,忽明忽暗。

什么是优秀的小说家?小说家必须在某些方面有一种超越,他需要超越世俗,超越常规,超越现存,如果他不能每时每刻保持这种超越,那么至少是某些时候,或者至少在内心,在自我的深处,他是具备了这份超越的。

这也是为什么有的小说使你神清气朗,目光幽远,有的小说却使你如吞糟糠,如陷泥沼。

小说说到底都是表现冲突的,即使最先锋、最叛逆的小说。平庸的、市侩的小说家笔下的冲突是世俗与世俗的冲突、功利与功利的冲突,所以你阅读它们得不到任何拓展与提升,而优秀的、既能透视现存又心存高远的小说家,展现给你的却是现实与梦想的冲突、屈服与超越的冲突、平庸与杰出的冲突。它们的魅力既是语言的魅力、形式的魅力,同时也是心灵的魅力、思想的魅力。

如果一个人在世俗生活中八面玲珑,如鱼得水,或者他在世俗面前屡战屡败却仍旧屡败屡战,毫无反省与自察,那他一定不是艺术家。艺术家肯定不是完人或者圣人,他同样需要一份物质生活,同样既有七情六欲又有性格弱点,但是区别在于——面对现实种种(包括自身的一切),艺术家一定总是在审视、在反思、在质疑,他永远都不会浅薄地沉醉沉溺,乐不思蜀;而当他不得不屈服于现实或本能时(这是常常会发生的),他必定会感到某种痛苦。那种分裂的、矛盾的、焦灼的疼痛会不由分说将他劫持,使他烦躁,使他失眠,使他重新上路去寻找新的平衡。

新的作品很可能就在这个时候诞生了。

在我不写字的时候,我用阅读来保持和文字的联系(感谢上帝,这是迄今为止仍然能够让我体验到生活美好的几种行为之一)。阅读使我原谅自己的疏懒,因为值得阅读的、好的文字太多了,就像值得观看的、好的影视作品太少了一样。

遗憾的是人们的视线依然被电视机吸引着。人类的趣味由于大众文化的牵引已经不再是向上提升而是向下游走。具有讽刺意味的是,英国那位电视发明者的后人如今坚决拒绝电视机,并且说:如果她的父亲在世,知道他的发明如何被滥用,他可能会将他的发明扼杀在襁褓中。

但愿这样的智者日渐多起来,或者,但愿影视作品日渐摆脱商业化快餐化的侵扰,日渐饱满丰饶起来。

(2002年)

一种方式

如果上帝派定我们做奶牛

我不知道我要写什么,但我必须写。每天我都准时坐到书桌前来。写作已经成了我的生命方式、存在方式。它是一种不可遏止的惯性运动。一种类似迷幻剂、稳定剂的东西。很多时候我不知道要写什么,但我一定得坐下来写点什么,否则我就会像一个胀满了奶却不得不停止哺乳的母亲,心烦意乱,焦灼不安。有时候我想人大概就是这样。当他有所迷恋、有所依附时,事情就变得简单了。他只需照着他的愿望做就行了。

近来我常常忍不住要分析自己。我在琢磨我这样离不开写作是否有更深的原因。我并不是一个喜欢出风头的人。被万人瞩目、受万众景仰在我并不是幸事。相反,我是一个有些怕人的人。我不喜欢那些热闹场合,不喜欢容光焕发谈笑风生。独自一人呆着我感觉挺好。大部分时间里,安静与孤独对我是一种奖赏而不是惩罚。所以,名望对我的诱惑力远不如一本好书、一件好衣服强烈。至于金钱,大家都知道写作是挣不了什么钱的。它带给我们的和我们付出的，实在不成比例。何况如果有一天取消稿费了，我知道我也还是会写，不停地写，直至终老。

不仅仅取消稿费，即使文字狱重又大兴起来，动辄问罪，我也还是会写，不住地写。不发表就是了。

那么，我们为什么写呢？为什么我们要像奶牛一样，一天不挤出奶来就痛苦焦灼呢？

难道我们其实就是奶牛，我们就是不能不渴望挤，渴望流溢？

如果上帝派定我们做奶牛，我们好好做就是了。也不必过多地去问为什么。

胡涂乱抹

不知道要写什么而知道一定要写，这时我就胡涂乱抹。我常常坐在书桌前等待思想横空出世，等待灵感飘然而至。我在稿纸上胡乱写下一句话、两句话，然后静静等待下文、等待意图、等待那种切入的欣喜突然出现。我知道鲁迅先生说过：写不出来时不要硬写。可是我常常写不出来就硬写，而居然常常奏效，很少枯坐半天一无所得的。天知道这是为什么。

而且我渐渐发现，硬写出来的并不见得就勉强，有时候反而更好。或许因为得自天籁，或许因为较少人为，这类作品有时更显灵气，更有出人意料之笔。

所以，想写而不知道写什么时，我就坐下来等待。等待心灵的闸门打开，等待思想的骏马奔腾……这时我对上苍充满了感激——她对我如此仁慈，让我这样坐收渔利，不劳而获！

那么,是什么在悄然出现?是什么被召至笔下呢?

我们其实不知道我们每时每刻的思想。我们也不知道下一秒钟里我们的心率是规则还是紊乱,是过速还是过缓。当我们张开大网等待时,心灵的颤音清晰起来,思想浮现,场景纷至沓来。

思想这匹野马

敏于思想、富于感觉的人不知道是多还是少,但是肯于思想、善于捕捉感觉的人肯定不是太多。当我们静下来,把绳索对准思想的脖颈扔过去的时候,思想这匹野马才会稍稍服帖一些,稍稍听从我们的驾驭。它会对我们点首,对我们微笑,听从我们的指令向前疾走,但有时它也会突然震怒起来,吼叫咆哮,撒腿狂奔,仿佛一个从蛮荒时代蹿出来的野人。每逢这种时候,我就微笑着看它,跟踪它的路线,记录它的跨越,在它有些懈怠的时候,拍拍它的肩膀,要它继续奔跑。它呢,倒是也很有意思,面对我的鼓励,似乎颇有他乡遇故知的感激,于是更加起劲地奔腾起来,叱咤起来,直到它觉得它的历险已经完成,激情已经倾倒一空。

这时,我也感觉到疲乏了。毕竟,我是跟着它狂奔了一气的。

更多的时候

更多的时候,思想是像清泉,像溪流一样或汩汩涌出,或潺潺流淌的。只要安静下来,我们就可以听见它的喘息,听见它的耳语,甚至听见它在梦乡里的温情呢喃。感觉则像末梢神经,它布满一地,等待你去踩它,等待你去遭遇那种心领神会,无可名状。

如果我们不凝神倾听,仔细捕捉,如果我们只满足于脑满肠肥,欢乐今宵,思想和感觉都会像风一样,一带而过,了无痕迹。

文学家、艺术家的使命就是注意那些常常被忽略的,再现那些常常被遗忘的,同时,为人类提供一点梦幻,吹送几分清凉?

记得有谁说过,文学家、艺术家都是一些自恋的人。这话也许不无道理。但是,大文学家、大艺术家必定是一些爱人远胜于爱己、替人类忧远过于替自己虑的人。

疯了的梵·高和死了的志摩都是艺术家。但是很不同的艺术家。

进入现代以来,更多的时候,文学家、艺术家只关心自我,关心自我所面临的尴尬。不过,他们透过自我所呼唤的,其实仍是人类的梦想。

就一己的倾向而言,更多的时候,我不够潇洒。我常常无法摆脱一些古老的同时也是本质的命题。我常常忍不住要发问:

有还是无?

活着还是死去?

所以,有一天我回头看自己时,我发现我居然很像一个绥靖的、暧昧的落伍人。

(1995年)

倾听，阐述，与追踪

在我迄今为止的写作生涯中，散文是我用力最勤，耗时最多，也一般被认为成绩最好的一种文体。但时至今日，在所有的约稿中——散文、随笔、小说，只有散文是我从来不敢贸然应承的。因为，在我看来，散文是赶不出来、做不出来的，散文——当然说的是好散文，它是一种内心的声音，是生命不知不觉间的一道划痕，是心灵的某次悸动、某种回声。它的积淀和涌现自有时日。你对它无法预期，更无法预支。

当然这里指的是狭义散文，即刘锡庆教授所界定的艺术散文。广义的散文，甚至不那么广义的散文，比如随笔，比如杂文，都不在此列。

我常想，散文在很大程度上是一种倾听的艺术——倾听你内心的声音，倾听你灵魂的悸动。甚至当它表现事物的外部形态时，你所需要的也是倾听。你必须倾听众人充耳不闻的声音，你必须在一片喧嚣骚动中，听到那尖锐的、独特的、石破天惊的宁静……

是的，散文是生命的划痕、情感的褶皱。没有独到的发现，真切的体验，以及推推搡搡从心里涌出来的既细微又丰满,既幽深又鲜活的东西,是不可能有好散文的。优秀的散文都是感悟至深、体味至切然后成就的。当那独特的声音从生命的幽深处逐渐浮现出来并且生成生长、枝繁叶茂时,你所要做的,便只是——听写。

这也是我近几年转向小说创作的原因之一。散文这种"听写"的特质,使我常常处于等待的状态。你无法生造它,你必须等待它。等待它累积沉淀,等待它受孕成活,等待它横空出世。而这,对于一个以写作为快事的人来说,显然存在一种局限。

小说正是在这个意义上满足了我。

对我来说,小说是对生活的一种追踪、一次重构。好的小说当然也需要独到的发现、敏锐地捕捉,但是,就基本面而言,它可以虚构,可以摹拟,可以演绎,可以"凭空捏造"。它的空间,比散文大得多,它在细微处及亲历性的要求上,显然也没有散文高。

这当然不是说小说就比散文粗糙。好的小说同样是既深刻又鲜活,既富于才情又焕然一新的。只是若同散文比,它的材料、质地不同,生成方式也不同。

而随笔,在我看来随笔很多时候是阐释、阐述。你只要有不俗的命题、新颖的见解,甚至只要有个有趣的引子,诡谲的开头,你就可以生发开去,议论风生,纵横捭阖。大至天文地理、世事国事,小至柴米油盐、家长里短,你都可以一一道来,侃侃而谈。令随笔生辉的,是思想,是智慧,是幽默,当然还有——炉火纯青的语言功力。

好的随笔同样是深邃隽永、耐人寻味的。只不过,它的质地、纹理也和散文迥然有别。

如果说散文是丝绸制成的,那么"波光潋滟",那么熠熠生辉,随笔就是亚麻编就的,既疏朗有致,又落落大方。而小说,在我看来小说的质地就仿佛羊毛一般,它既丰满又厚重,既富于弹性,又充满生机。

　　当然这只是一个比方——一个不太恰切的比方。但对于我来说,它是成立的。

(2003年)

给梦一把梯子

小时候,因为喜爱唱歌跳舞,我崇拜一切到镇上来演出的女文工团员。我幻想长大以后成为一个婀娜多姿的舞蹈家,成为仪态万方的电影明星,至少,也要当一名手持麦克风到处吟唱的歌手,充分体味舞台给予人的美妙感觉。那时是一九六五年,"文革"快要揭开序幕,"卑贱者最聪明,高贵者最愚蠢"即将成为时代的主旋律,十一岁的我却混沌无知,公然在教导主任召开的"我的理想"座谈会上将深心里的愿望公布于众,即刻引起一阵小小的骚动,因为前面发言的同学无不慷慨陈词,宣布长大了要当"工农兵"。教导主任拉长了脸训斥我(他那阴沉恼怒的神情至今仍在我眼前):"你就知道成名成家!你父亲难道没有教育你热爱工农兵吗?"我不知自己说错了什么,更不知道为什么要扯到父亲头上,委屈使我热泪盈眶。我坐下了,从此不再对任何人谈起深心里的渴望。

而更早的时候,我崇拜的是镇上那些荷锄戴笠的农夫。我钦佩他们神奇的手,在他们那骨结粗大、肮脏粗糙的双手下,生命从厚厚的土层里钻出来,荒芜的山坡转眼布满绿意,很快,便是果实累累、满目金黄了。农夫们忙着收割,忙着晾晒,忙着使金灿灿的田野复归荒芜。人与自然一起构筑了奇妙的循环往复、生生不息……

我梦想如农人一样播种、收割。我在池塘边开垦出几垄小小的菜畦,适时播种,适时浇灌,梦想如农人一样经过播种浇灌之后如期收获。当然我的梦想落空了,每次临近收获,我的菜畦便被不知名的破坏者毁坏一空,洗劫殆尽。

后来在一片批判打斗中上了中学。眼看文史课的老师们动辄祸从口出,一个个战战兢兢,如履薄冰,我发现我内心深处充满了恐惧。我不再梦想舞台人生、银幕人生了,从《西游记》、《红楼梦》中窥见的绚丽多彩的文学世界也顿时黯然失色,不复魅力。我暗暗发愿从此只爱数理化,如果做梦,从此只做父亲提示的梦:父亲一直希望我进清华深造,成为一名物理学家。

清华梦很快又成了泡影。等待我们的不是高等学府,而是一片"广阔天地"。在农村那赤脚下海、挑粪上山的一个又一个艰苦日子里,梦幻也变得具体而平庸。我梦想吃一顿有肉有菜的饭(因为顿顿只吃盐水拌饭),梦想下起连天阴雨,可以躺在床上昏睡三天(因为适逢大忙特忙的夏收夏种,每天仅睡三四个小时),梦想电影队从天而降,给我们送来一场电影,哪怕仍是《南征北战》(因为即使《南征北战》,也得好几个月才放上一次)。不止一次,当饥肠辘辘、精疲力竭却仍不得不继续加班割稻时,我满脑子想的只是一盘红烧猪肉一碗香喷喷的米饭……

终于回城了,生活渐渐恢复正常,然而梦想的心灵却不曾停止。走过一座造型独特的红砖小楼,我会因喜爱而戏谑地宣称这是我的小楼,我慷慨地将它借给朋友了。而事实上那里的主人是一位失势的外国亲王。踏着满山落叶,我会突发奇想,相信如果吹一声口哨,遍地落叶就会返青,甚至返回母树,而春天就不期而至了。而关于美丽人生,关于奇妙世界,关于种种可能、无限机会,自然也都常常要在青春稚嫩的心里演绎一番,梦想一番。

生活当然不会让梦想美丽迷人永无休止地演绎下去,它很快就会让你明白梦想愈多痛苦愈甚。而且几乎与此同时,它也让你明白,痛苦愈甚,梦想也就愈不可能停止。其间的尖锐对立却又相互依赖让你倍感迷惘,愈加痛苦。你相信长此以往,你的精神将无可挽回地分裂散乱。

渐渐地,生活以它混沌迷蒙的形态清晰地向你昭示:给梦一把梯子,现实与梦想之间的距离即可取消,不可跨越的迢迢银河举步便可迈过。

十几年前的那个夏天,我终于找到了这把梯子,我坐到后来几乎是每日必坐的书桌前,开始写下一行行带有奇异色彩的汉字。我知道在那个奇妙的瞬间,自己已从平庸琐碎的现实中分离出来,朝着绮丽迷人的梦境进发。飞扬灵动的方块字一行行、一串串,累积叠印,渐渐组成一把天梯,我看见灵魂踏上去,欣喜莫名地升腾飞跃,直至无垠……

是的,躯体有形,灵魂无影无垠;现实有限,梦幻无边无际。有限的躯体在有限的现实里感受到的是冷峻多于温馨,痛苦多于幸福,丑陋多于美丽,无限的灵魂在无限的梦境里领略到的却迥然不同,风光大异。

自由。除了自由还是自由。自由地爱,自由地恨,自由地呼吸,自由地飞翔,自由地"生男育女",安排人生,自由地凝固时间,再造空间。自由使灵魂顾盼生风、流光溢彩,自由也使灵魂常青,精神不朽……

十几年过去了。每天,饱尝了自由,领略了无限的灵魂总要踏着天梯下来,回到现实,回到有形的躯壳中。归来的灵魂面对丑陋现实不再烦恼,不再怨叹了,因为它已明白:现实的委琐平庸正如大地的肥沃松软,是它得以飞扬的起点,更是哺育它的柔软子宫,滋润它、营养它的丰富复杂的母性之血。

而且它也明白,只消歇息一夜,明天,它又要离开这纷纭复杂、拘谨有限的父母之乡,去做一次美妙的飞扬之旅了。

(1993年)

流放者

  关于生活,关于我们立足的这个世界,关于短暂而又漫长的人生,我们有太多的话要说,有太多的情感要表达,有太深切的思想要与同类交流,于是我们拿起了笔。甚至不止这些。甚至对一些人来说,艺术本身就是生命,就是一己的燃烧,就是人生的全部价值全部意义。

  这些人在他的平静而智慧的同胞眼里,也许是疯子,也许是女巫,也许是神祇,也许是魔鬼。至少,他们都是一些敏感而怯弱的性格,苍白而矛盾重重的灵魂,都是心灵和精神的流放者。

  然而八十年代的艺术家已是如此坚忍如此伟岸。他们一改苍白怯懦的风范,一夜之间牛仔起来魁梧起来。他们抽烟、骂娘、跳霹雳舞。他们把整段的粗话搬进诗里,把散文当做无意识幻想的载体。他们甚至恣情任性地在小说里活剥人皮。

  然而千万不要相信表面的强悍。事实上,在心灵深处,他们仍旧是一群无所依傍、骚动不安的凄凉流放者。

  至少我自己是这样。当我一次又一次地玄思冥想,一次又一次地顿悟彻悟时,那份明澈与强大只是短暂的、有限的。

生活的激流汹涌澎湃地袭击我淹没我时,心灵的痛楚照样一阵阵爆发,激情照样漫过堤坝,汹汹流淌。

于是有了这些时而清澈时而混沌,时而火热时而淡漠的文字,有了这个矛盾重重的灵魂的一再表达。

我想自我的矛盾重重无须讳言。人类本来就是充满了矛盾,不断摇摆挣扎的。只要还有矛盾,只要还在挣扎,人类就还有向上向善的力量,人类就还有希望。

需要忌讳的是真性情真心灵的死亡。矫揉造作,哗众取宠,言不由衷,见风使舵,是为人之大忌,也是为文之大忌。

散文尤其如此。没有真性情的文字,是一堆纸花,一群面人,无论如何缤纷五彩,图文并茂,也是冰凉苍白,毫无生气。

重要的是敏锐的心灵,多思的心灵,重要的是我们对生活对人类的既怀疑又拥抱,既审慎又深情。

还有对形式的感觉。经验告诉我,只要找到与所要表达的心灵同构的形式,作品就自己站在你面前了。

而我这一天的生命,也就有了意义。

(1993年)

作为另类

当我们"出现"时（在社会上，在某些场合，在家族中），我们首先被看做女人，其次才是人——很多时候甚至没有其次。作为女人，作为另类，我们是生物的、次等的、不可理喻的。多数男人在下意识里，在内心深处，是无法平等地看待我们的。他们不承认我们的力量（内在力量），不承认我们的智慧，不承认我们的风格，不承认我们的创造力，更不承认我们的思想。如果有谁不是这样，他就要冒被同类耻笑的危险。

平心而论，男人之所以这样对待我们，除了传统，除了偏见，还因为他们无法真正了解我们。他们看不清我们。他们无法明白女性的直觉有多么敏锐，女性的颖悟有多么充沛，女性的意志有多么坚定，女性的思维，当她们思索起来，将多么深入浅出，直抵本质。而女性的想像力、创造力——一旦它们迸发出来，又是多么丰饶而绮丽。

当然，女性的焦虑，女性的脆弱，女性的起伏波动、变化无常，他们也无法真正了解。

作为常常首先被看做女人的反正，当我们提笔、发声时，我们无意中表达的可能首先是：

我是一个人。

我是一个人，而不仅仅是女人。我们关注人的普遍问题，表达人的共同情感，寻找人的可能出路，当然，这其中，包括女人的普遍问题、共同情感和可能出路。

因为同时是女人，对于女人的一切，我们有着最本质、最感同身受的了解，所以当我们提笔书写时，奔涌到我们笔端的，可能更多、更饱满、更入木三分的是女性形象，汇聚在我们笔下的，可能更尖锐、更紧迫、更不依不饶的声音是女性声音——我们就这样必然地成了一位"女性主义作家"。

我怀疑这种分类。但我愿意自己有时是一个"女性主义作家"。

（1999年）

背弃与钟爱

我曾经在纸上信手写下这么一句话：语言是我钟爱所在。

虽然它是信手写下的，但我想作为一个写作人，语言无疑是我倾心交结，希望引为知己的。我爱它犹如爱自己的眼睛。

外部的风景成形呈态，猎猎有声，我们只需扫一眼便能得到大致印象。可是内心的声音，内心的状态呢？它常常混沌未开，迷蒙一片，此起彼伏，若隐若现。我们若不梳理它，探究它，追踪它，再现它，我们往往不知所以，不明就里。

对人类来说，内心的丰满复杂常常胜过言辞的单调划一。可是要想探寻、再现内心的丰满，除了言辞，似乎也没有更具体、更直接的手段。

语言是我们向内心开发的凿子、榔头、电动钻，语言也是我们从内心返回的铲子、吊车、集装箱。离开了语言，我们不能给内心以温度、以方位、以形态。

语言的局限当然也是非常显眼的。最简单的例子——语言是线性的，它无法像糯米团一样聚集黏合，也无法像手榴弹一样落地开花。

无论你多么百感交集,也无论你多么怒火中烧,语言只能一个词跟在一个词后面,一句话跟在一句话后面,秩序井然,鱼贯而出。它甚至都比不上哭声,"哇"的一声大哭起来,远比一串话语、一堆词汇更能传达你内心的痛苦或焦灼。

但是,我想说的语言的尴尬还不是这个。我想说的是,语言除了传递内心,表情达意之外,它显然还有两个附加功能,那就是:掩饰与背叛。

掩饰这一点不必说了,所谓口是心非、口蜜腹剑,所谓装腔作势、故作姿态等等成语都向我们表明,人类很早就知道语言的伪饰性、欺骗性了。

你常常可以看到,一个人正义凛然,冠冕堂皇,振振有词,而实际上他掩盖的有时却是狭隘卑微,偏执怨毒,蝇营狗苟。所谓醉翁之意不在酒,所谓言在此意在彼,声东击西是也。

这种言在此意在彼有时候甚至是在下意识里发生的。有时候连当事人都不明白事情的本质。他们可能很真诚地认为,自己是言在此意在此的。

语言就这样不知不觉地将操持语言的主体给骗了。

不过,令我感到惊讶的还不是这个,令我惊讶与尴尬的是:语言,它居然具有自主性,它居然常常旁若无人、大摇大摆地背叛你。

当我们被某件事所触动、所牵引,因而一反常态,谈兴大发时,我们常常已经被出卖了:你不想说的话脱口而出,你心里没有的想法"昭然若揭"!

而你想说的意思一经出口却居然走了样!

语言有它的惯性？语言有它自己的引擎和动力、结构与秩序？

更无奈的是，语言是有声的。只要你开口，它必然是和你内心的安静相悖的。更不要说振振有词、喋喋不休、谈笑风生这些状态和你内心真实的静谧、枯寂相去是多么辽远了。

所以我越来越不喜欢开口了。我不喜欢被激起谈兴，不喜欢喋喋不休、振振有词。每次我被带动着进入这种状态，事后我总是对自己厌倦丛生。

我讨厌自己。

因为我说的比做的多。说的比想的热闹。

关键是当你喋喋不休时，嘴上的声音并不是你心里的声音。

所以，今天我终于动手将"不语"两个字制成了一个匾。我计划把它挂在我客厅的白墙上。我对自己说，如果你有话要说，就去拿笔好了。

我希望自己牢牢记住：

嘴是靠不住的。

（1995年）

睁着眼睛的梦

对人类来说,仅有物质生存是不够的,远远不够,人区别于其他低等动物的地方,就在于人具有深邃的精神世界、饱满的情感历程。我们爱,我们恨,我们笑,我们哭,我们思考,我们做梦——甚至最理性、最实证的现代医学研究,也证实了梦对于生存的重大意义。

据报,科学家们曾经将进食、活动均与正常无异的狗分为两组,一组每当进入"做梦的睡眠"时就被弄醒,另一组则在进入"不做梦的睡眠"时被弄醒,若干天后,没有机会做梦的那一组狗全都疯了。并且,随着实验的继续进行,这一组疯了的狗陆续死去。而另一组有机会做梦的狗虽然总的睡眠比前一组少得多(做梦的睡眠比不做梦的睡眠短得多),却依然活得很好,只不过有浓浓的困意罢了。

自然了,狗类尚且如此,何况人类?

多年以前,当我还是一个不那么成熟的写作者时,我曾经朴素地认为,文学就是为人类提供梦幻。现在,当年的很多看法都改变了,修正了,对于文学本质的这一认定,却始终还固执着。

是的,在某种意义上,文学就是人类睁着眼睛的梦。

在优美的诗歌,深邃的散文,丰富饱满、汪洋恣肆的小说里,我们不但回味咀嚼着过往的生活,我们更寄托了我们的思索、豪情、梦想、憧憬——躯体有形,灵魂无影无垠;现实有限,梦幻无边无际。有限的躯体在有限的现实里感受到的往往冷峻多于温馨,痛苦多于幸福,丑陋多于美丽;无限的灵魂在无限的梦境里领略到的却迥然不同,风光大异……

有时候我想,如果没有文学,人类是否能够历经劫难而不灭?人的确不能没有衣食,可人就能够没有梦想和思索吗?当一个民族从精神上萎缩下去,日久天长,他们的体魄能够健壮吗?他们的生活能够饱满吗?千百年来,无论遭逢盛世还是历经炮火,人类的文学活动都不曾凋零过,仅从这点看,文学,作为人类睁着眼睛的梦,相信将伴随人类直至地老天荒。

(2001年)

摹拟与表达

文学艺术的本质是摹拟还是表达，历来都有歧见，中外文学史上都曾为类似问题争论不休，莫衷一是。好在因为谁也无法说服谁，同时谁也不会主动放弃己见，所以争论到最后差不多总是各说各话，井水不犯河水算了（当然这是在没有行政干预的前提下），文学艺术倒因此增加了风格和形式，较前显得丰富丰满，热闹繁荣。

不过不可否认的是，一个时代有一个时代的艺术。历史上曾经风靡一时、颠倒众生的形式，放到今天的时代，所能激起的共鸣、所能得到的喝彩显然一定今不如昔（如果不把它当做文物看的话）。时代变了，人们的思想、感情、趣味都变了，生活在五光十色、瞬息万变的信息社会的人们，显然不会有"采菊东篱下，悠然见南山"的农业社会的人们的情趣。

所以，今天的读者再读古典主义、浪漫主义、自然主义，甚至批判现实主义等等作品时，不免要少一些认同，多一些不耐烦。它们的节奏、它们的趣味、它们的风格，以及那事无巨细、一概道来的包容万象、鸿篇巨制，有时候简直要让你头疼，令你退避三舍。尤其它们着意摹拟的我们不熟悉，它们苦心再现的我们不关心,它们那些枝枝蔓蔓、婆婆妈妈也就更让人无法忍受了。

惟一能够吸引读者的只剩下对人的穿透——对人的境遇、情感、苦衷,对人性人生悲喜荒诞境况的描述与探寻了。斗转星移,时光流逝,社会更迭,对人类来说,不变的是什么呢?是人自身,是人性的相通,人生的似曾相识,流转循环。

何况今天的人类驾驭自然的能力已如此之强。今天的人们畏惧的不再是神秘莫测的大自然,他们的畏惧来自人自身——自己、他人;自己和他人组成的、反过来又钳制威胁自己和他人的庞大网络,以及人类发明和掌握的庞大机器、惊人科技。

这就是为什么越来越多的读者越来越偏爱表达而不是摹拟。关注人类处境,尤其是精神处境,表达人类在当今境况中的焦虑、恐惧、企盼,显然比摹拟再现自然、物质以及人的外部形态更易于进入读者内心。

更易于激起人类共鸣。

也是在这个意义上,无论美术还是文学,我喜爱注重表达的作品远胜于注重摹拟的作品,喜爱新颖独特的作品远胜于因循守旧的作品——当然这里有一个前提,即:无论表达还是摹拟,创新还是沿袭,它们作为艺术品必须是出色的、完满的。赝品、次品不在其列。

当然,在某种意义上,表达也是一种摹拟——摹拟人性的困窘,摹拟人类的企盼。

(1997年)

按 键

从小学开始,清华物理系便是我坚定不移的目标,原因是我的姑妈是那里的高才生,我的两个叔叔都是无师自通的无线电行家,我则因成绩优异刚刚被特许从二年级直接跳到四年级,我的父亲为此深感欣慰,他早就对我充满期待,现在更是信心十足了。

"你一定要进清华物理系,你是科学家的材料!"父亲不容置疑地说。

父亲一再的断言理所当然地在我心里生根发芽,清华物理系成了我独一无二的目标,我坚信我会比姑妈还出色。

可是几年后清华就变成一个遥不可及的梦了。本应徜徉于大学校园的我辈,却斜躺在乡村祠堂的天井里,对着满天星斗发呆。所有的秩序都打乱了,所有的向往都成了泡影。白天的豪言壮语、铿锵誓言到了晚上变成了一条条鞭子,和着疑虑、沮丧、惶恐、迷失等情绪,无声地抽打着知青们的心,令大家唏嘘慨叹,辗转反侧。

我的清华梦、科学梦就此落幕。四年的插队生涯,在我心里播下的是另一颗种子。这颗种子是那么致命,以至于相当长的时间里,它都是萦绕左右,挥之不去。它不像一个梦想却像一块心病,不是一份滋养而是一种病毒,它毫不妥协,从不游移,牢牢地潜伏在我心底,顽强地等待旷世名医的到来,等待被铲除、被救治。

那致命的种子就是:对时间的疑虑,对生命的惶惑。

1980年9月我走进北师大中文系的阶梯教室。面对三百多个座位上的三百多张脸庞,我一片茫然。我想起那遥远的久违的清华梦,不知道为什么会在此时此地成为这三百多人中的一员。

不久我就知道为什么当我茫然无措地走进那间庞大的教室时我心里其实坚定无比。稀里糊涂和茫然惶惑的背后自有一股力量,它虽然隐晦却始终如一地牵引着我。

老师们的才学、智慧、幽默、激情逐一在我们面前展开。师大中文系的教学阵容相当强大,这令我们惊喜不已。我是那么喜欢黄会林老师的激情,她的滔滔不绝、热情洋溢感染着每一个人,我身上的低落慵懒遇到她立刻丢盔弃甲,落荒而逃;我也赞叹赵仁珪老师的洒脱,他总是寓奇崛于庸常,寄突兀于平实,漫不经心、闲庭信步中将险峰峻岭展示给我们。而启功先生的幽默和学识更是令同学印象深刻,他的课幽深曲折,可是他的课堂上却总是笑声不断,人人捧腹。

刘锡庆老师的写作课则带给我们另一种感觉。那是严谨的、扎实的,是不华丽也不平庸,不夺人耳目却丝丝入扣的,一如刘老师的为人。我那时自然不知道刘老师的写作课会对我的人生道路发生这么大的影响,我只是认认真真地听着老师的课。老老实实地完成老师布置的作业,并且庆幸我不像有的同学那样,对写作产生畏惧心理。

一年的写作课结束时,自然有一场总结性的考试。刘老师出的题目是散文《我的向往》。看着试卷上的题目,我心里的某根弦被轻轻拨动了。

第二个学年开始后,刘老师拿着一本杂志找到我(那时他还不能把我从三百多个学生中认出来),并且很认真地鼓励了我一番。我被意外所擒住,惊讶得说不出话来。原来刘老师阅卷时对我的那篇散文印象颇深,他认为在两个小时的考场上能写出这样"有感情、有文采同时角度新"的文章实属不易,所以毫不吝啬地加了点评,推荐给《电大语文》发表。

看着变成铅字的习作,读着老师热情洋溢的点评,我自然惊喜交加。我想我后来义无反顾地在写作道路上行走全都始于这一步。尽管那颗种子早在插队时期就深埋于心了,但是如果没有这一幕,没有这像按键一样启动了我的重要一幕,也可能那颗种子至今仍然深埋于心,尚未抽枝。

现在我很想回到二十多年前那一个个望着满天星斗发呆的夜晚。正是那一个个迷茫的夜晚,和大自然肌肤相亲的夜晚使正在成长的心灵产生了疑问。

人是从哪里来的?

天和地是从哪里来的?它们能够存在多久?

时间是无限的吗?

生命为什么会消失?面对消失的威胁人应该怎么办?

生命的意义在哪里呢?

……

一个个不眠之夜之后,年轻幼稚的我懵懵懂懂地抓住了一根稻草,那就是文字。我认定文字可以突破有限,实现超越,妄言文字可以记录时间,抗衡死亡……一想到文字可以在生命消失后留下生命的痕迹,我就激动不已。

有时候我想我父亲对我的判断其实不准确,我的气质是更倾向于哲学和诗的。我并不是科学家的材料。我是一个不现实的人,是一个喜欢冥想也喜欢逆逻辑思维的人。我也许外表周正随和,可是我的内心是孤高散漫的。当我做梦的时候,我希望那梦也是奇崛诡秘,标新立异,毫无禁锢的。

所以我感谢四年的乡村生活,是它使我发现了自己。我更感谢北师大,感谢刘锡庆教授的写作课和刘老师本人——是你们使我走向自己实现自己,是你们使不现实的人成为一种现实。

(2002年)

源于内心

十多年前，关于"为什么写作"这个问题，我一定有很明确的回答。那时候对于文学、文字，我有那么多的感情，那么深的信任。而今天，当我阅读过几千万几万万文字，也写了属于自己的一堆文字之后，这个问题重新放在我面前时，我却必须如实承认，我的答案已是如此含混，如此似是而非了。

不是故弄玄虚，也不是为发惊人之语，我的含混与惶惑全都源于内心。就像我们曾经深深深深地爱恋过一个人，经年分离，苦苦相思，终于聚首时，你发现他的头颅原来是斑驳的，他的臂膀——那男人的臂膀，能够撼动三山五岳的臂膀，其实和你一样，既没有钢铁般的力量，也缺乏古铜似的光泽。

对于文字的怀疑，几年前就开始了。不是对它的外部功能，而是对它自身。它是如何既揭示现实又遮蔽现实的？如何既掠取生活又筛掉生活？既捣毁幻象又制作幻象？它的手指，那纤细的、尖锐的、鹰爪般的手指是怎样一边抓挠我们的心，一边又往我们的心里塞进烈酒，塞进大麻，甚至塞进美丽的糟糠的？

它是如何既讨好我们,又挤占我们?

还有那无法表达、无力言说的痛苦。那一经出口却已变形的尴尬。那似是而非、永远无法真正抵达的抵达……

我想我不止一次对"纸上生活"产生厌倦。我怀疑我如此忠实地委身于它是否值得。它,那劫掠了我二十年青春,既使我心醉神迷又一而再、再而三地让我警醒反思、唏嘘慨叹的家伙,它为什么还不松手呢?

大概是去年的夏天吧,我把那部长篇的最后一段改定付梓,然后认真地校完了四本文集的最后一部,心里顿时松快起来。我知道我要把文字远远地扔到一边,过一种完完全全、真真实实的生活了。我希望这是摒弃了思索,摒弃了表达同时也隔绝了文字无所不在的浸淫与侵犯的生活。我甚至希望不和同行见面,不和同行交谈,只和三教九流、工人农民往来。我不知道为什么要这样。也许是对文字的怀疑殃及池鱼?也许是对自己、对十多年来一成不变的书斋生活深深厌倦?

就像那一天。那天,一向"淑女"的你突然产生了一份冲动——着短裤,套长衫,不伦不类、没头没脑地闲逛去。

或口出狂言。或顾盼生风。

总之,不让诋毁止于诋毁。

不让自己仅仅是自己。

但是仅仅两个月之后,你又坐到书桌前了。没有文字的生活就像没有盐的午餐。即使你知道盐仅仅是盐,它不能充饥,也不能安眠,要是你过量食用,它还会使你浮肿,使你血压升高。

我知道我对于文字的质疑仍会继续下去,同样我对于文字的依恋也会继续下去。阅读而且写作,这是我多么喜爱的生活,也是我多么莫名其妙地总要怀疑的生活。

我说不清为什么。但我知道这是真的。你会一直这样和文字纠结缠绕下去,直至终老。

(1999年)

写在新年边上

朋友们常常问我,这几年你到哪里去了,竟然音讯全无!我只好惭愧,因为我哪儿都没去,就呆在北京城西的家里。只是我有些变了,或者说我放纵我的天性,任其变本加厉。本来我就怕出门,怕热闹,怕熙熙攘攘,是是非非。现在我连静寂无声的文字都厌倦了,我怀疑它们犹如怀疑这个世界的众多事务。

这样的心态下,写作自然是中止了。沉思默想成了我的专业。与此为伴的是草药罐里升腾起的迷蒙雾气。那复杂的、怪异的、与正常生活大相径庭的气味终日缭绕在我的居室,使我怀疑是它们夺走了我的热情。是的,我虽然生性拘谨,可我曾经那么热爱灿烂的阳光、清澈的草地,我热爱孩子们明亮的眼睛,热爱友人爽朗的笑声,而饱满优美、灵动飞扬的文字更曾是我的深深眷念!如今,它们的魔力都到哪里去了?为什么它们一个个舍我而去?

在那些空旷的日子里,我的朋友是菜市场的小贩、电梯间的女工,以及满头银发的太极拳练习者。

直到今年夏天。

七月间我摔了一跤,拍过片后医生证实是骨折。一个月的卧床静养使我无法再用居家琐事来搪塞自己。我躺在床上,面对日复一日凝然不动的天花板,惟一能做的就是启动思想。

往事也渐渐纷至沓来。

我在对它们一再的凝视中幡然悔悟。我终于明白我是一个多么偏颇的人,非此即彼永远是我的致命伤。我想起女友的结论:混沌才是永恒的真实。为什么我总是渴望不存在的存在呢?

我还想起家乡那座陈旧却仍然壮观的临水庄园。童年时我在那里嬉戏玩闹,流连忘返。那里不是我的家,可是我却在瞬间洞悉了那里的一切!

一串串意象浮现面前。一个个身影穿梭而过。一行行话语鱼贯而出。感谢上帝,我再次有了飞翔的渴望!

腰伤渐愈后,我又成了我自己。我重新有了感觉、味觉、触觉。我重新回到文字宽广的怀抱里了。

初秋的早晨,一行文字和着婉转清脆的鸟鸣降临我的心中。我知道我酝酿了两周的新的长篇小说有了一个饱满的开头。我对上苍充满感激之情:健康地生活,满怀喜悦地创造,爱你深爱的一切,体谅你所能体谅的种种,这难道不是我们这些凡夫俗子所能得到的最真切的幸福吗?

我希望当二〇〇三年结束的时候,我的这部长篇小说能够呈现到那些偏爱我的文字的读者面前,并且,带给他们几分惊喜。

(2002年)

我对文学心存感激

文学淡出社会生活中心已经很有时日了,即使在文化领域,文学也已被声像影视、歌星球星挤压到相当边缘的地带。如今人们几乎不读书,或者几乎没有时间读书了,坐下来谈论文学更是近乎奢侈。

曾经有人预言文学将消亡,比尔·盖茨更是立志消灭纸质书,但无论文学是辉煌还是式微,是碧水长流还是日渐干涸,她对我来说都是一样的,我永远都对文学心存感激,永远都会心甘情愿、低眉顺眼地做她的俘虏。

很小的时候我就对眼前的一切感到迷茫,那时候我常常在蓝天白云下发呆,不停地问自己,世界是怎么来的?人为什么会消失?生命的意义在哪里呢?……我尤其对死亡感到惊惧,对一个人突然从世界上消失感到不可思议惶恐不安。是文学给了我救命稻草,让我暂时摆脱虚无和迷茫,相信写作可以拓宽生命,延长时间——当我无意中找到这个"倚仗"的时候,我的心才渐渐安定下来,迷茫和困惑至少不再紧紧地环绕我、裹胁我了。

某种意义上,文学是我的定心丸、安魂剂。

我又曾经非常怯弱，外部的纷争、喧扰、猜忌、倾轧总是使我既厌恶又恐惧。面对外部世界，我常常手足无措，惶惶不安。是文学为我撑起一面大伞，让我能够转身向里，龟缩其中，躲过寒冬烈日，免受风吹雨打——一支笔，一本书，就是一个截然不同的世界。"纸上生活"使我得以避开混沌苍茫、诡谲莫测的真实世界（对我来说如此）。当我以凝视梳理时间、以想像重构生活的时候，我发现我渐渐坚强起来了。

文学是我的天然屏障，是我亲爱的精神钙片。

我身上的两道硬伤，因为文学而终于没有真正成为硬伤。

当我们作为书写者，文学让我们尽享创造的喜悦。一个绝妙的构思，一段飞扬的文字，一个饱满独特的形象，就能让我们欣喜莫名，如沐春风。而当我们作为阅读者，文学更是慷慨仁慈，在她温暖的怀抱里，我们一次次地激动、燃烧，一次次地体验不同人生，百样情感。我们的目力，我们的听力，我们的思想，我们的感觉，因为文学，成百倍、成千倍地放大了。

我们平淡而有限的人生，因此而绚烂起来，妖娆起来，无限可能地丰富起来。

凝视过往生活，我心里总是充满感激之情。感谢上苍赋予我些许才情，让我得以躲进文字天地、艺术大门。尽管收获未必丰饶，但心有所系，情有所倚，魂有所归，每日里可以翻翻以往，孜孜以求，浇灌耕耘，乐此不疲，此生夫复何求？

我受惠于文学如此之多，所以在这个回顾二十年文学之旅的会议上，我不能不大声说出多年来萦绕于心的话：

感谢文学为我遮风避雨。

感谢艺术使我心有所依。

今生今世,我愿永远是她忠实的臣子。

(2004年)

假作真时真亦假

散文是一种无法偏离自己的体裁。好的散文离不开作者的独特体验,一个散文家是必须凝视自己的,它通过凝视自己来凝视生活、折射社会。散文里总是有一个"我"。我写了十多年散文,对这点感到厌倦是正常的,因为它限制你的想像力,限制你表达生活的广度和深度,所以当我转向小说的时候,我肯定不会再"通过凝视自己来凝视生活",而是,"通过再现生活来梳理自己"。正是在这个意义上,我说"厌倦看自己"。

竖琴在《竖琴的影子》这部长篇里可以是语言、艺术、理想、梦想等等的象征。我们人类很多时候不正是理想的影子、艺术的影子吗?

竖琴和祈祷无关,但和梦想有关,和升华有关。人类通过艺术做梦,艺术也反过来诱导人类。艺术对我们的牵引之力相当大,当它误导我们时,那种悲哀也是深切绵长的。

我们是被语言(尤其是书面语言)喂养大的一代人。可能有几代人都是这样：吞吃语言，信赖语言，期期艾艾地遵循语言指示的方向。但是后来才发现，言说和现实往往指示着不同的方向！而我又碰巧成了作家，当我把生活变成文字时，我发现，无论你多么想忠于事实，你手中的文字之网都不可避免的是一张筛子，它或多或少都会把血肉筛掉，将筋骨剔出，让真实漏下，任幻象浮出。无论你要表现的生活是多么污泥浊水，一搬到纸上，它就不可避免地被过滤了一遍，中和了一遍。其中起作用的，有文字自身的特质和逻辑，也有操持语言的主体——人类的特质和逻辑。不必讳言，语言和生活之间那种复杂的关系困扰了我很久，令我深思，也令我动念去表现它，试着梳理它。

应该说《竖琴的影子》表现的不是丛容的抗争，而是丛容的困惑。丛容从小在语言的浸泡下成长，特别单纯，特别洁净，她几乎成了一个"纸人"。这样的人在生活中碰壁受挫是必然的。每次受挫她都选择向后逃，也是必然的。她对真相毫无了解，她怎么去反抗呢？她当然只有逃！如果说这本书想要表现什么，那就是思考、发现，而不是抗争。我认为在生活中，思考比抗争重要，发现比冲动重要。或者说，思考和发现是抗争的前提。

至于如何使抗争有意义，那是很大的命题。我回答不了。可能多数人也回答不了。"为一个主义去死远比实现一个主义容易"，这句话是这种荒谬感的很好注脚。

笔下出现较多的女性，是因为身为女人，我对她们更熟悉、更了解。不须讳言，长期处于男权社会中，女性的集体无意识里蕴积了不少负面的东西。这些东西和人性的弱点结合到一起，就成了可恶可憎可怕的力量。这种力量往往指向更新鲜、更单纯、更脆弱的生命，而且往往是同性。《竖琴的影子》写了这样的人，我对她们身上的恶相当了解也相当厌恶。她们表面上飞扬跋扈，风光热闹，实际上，内心相当虚弱，相当紧张，否则也不会这样恶毒刻薄，剑拔弩张，随时准备扑向年轻新鲜的生命了。这种对同性的攻击防范实际上蕴含了一种取悦男性、臣服于男性的下意识，这是非常非常可悲的！老实说，这个问题常常触动我，萦绕于心，久久不去，尤其看到一些有地位、有成绩的女性（包括一些女权主义者）也难逃此病时，我心里真是悲哀难禁！所以，我一直认为女性的真正解放有赖于心灵的解放，如果女人在外部世界取得了相应地位、相当成就，在内心深处却无法摆脱取悦男性的集体下意识，妇女解放就是一句空话！我衷心希望"苏慰人""叶易初"们能有一点觉醒，一些反思，希望人们（当然也包括男人）心灵舒展，精神健康。

《竖琴的影子》这部小说的情节纯粹虚构，主人公的经历不是我的经历，这也是为什么前面一家出版社把它标注为自传体小说时我坚决不能同意。它不是自传体小说，它的情节和我的经历、背景等等完全不同。但它可以算作精神自传，因为，情节全都虚构，精神内核真实。主人公所体验到的东西确实是我所深切体验到的，她的感觉、体味、思索、困惑全都来源于我，所以这部小说不是自传体小说，但是一部精神自传。不过我必须强调的是：这是精神自传，仅此而已。

对我来说,提笔写作只有两个原则:一是遵从内心的声音,二是遵从艺术的准则。这本书表达的是困扰了我很久,也是思索了很久的东西,这属于内涵上的,属于第一个原则。而形式上的创新、变化,即结构、语言等则是遵循第二个原则,即我所希望达到的"新颖独特,饱满深厚"。创新、深刻、完美永远是我艺术上的宗教,我不会为了顾及印数而改变创新立场,不会为了迎合市场而放弃艺术准则。严肃文学的读者肯定不如通俗文学读者多(但也没有想像的那样少),很不幸我是一个纯文学作家,我愿心无旁骛地做纯文学作家。同时我也相信,愿意思考,愿意发现,愿意领略语言奇妙魅力,让灵魂飞翔升腾的读者会越来越多。人类的心灵毕竟不是仅仅热闹、惊险、艳俗就可以满足的,我对这点仍有信心。

至于《竖琴的影子》在形式上的创新,是其内涵表达的需要,并非为创新而创新,为形式而形式。同时,它和我的其他小说一样,也并不晦涩难懂,故弄玄虚。它没有热闹的情节、时髦的元素,没有铺排的性、夸张的情,但它有对人性幽微处的再再揭示,有对生活表象下的独到发现,它还有生动的形象,饱满的语言,鲜活的细节(恕我自夸),它是既尖锐又温婉,既先锋又朴素的。我觉得它还是好读的。阅读中的某种断裂感则是启动读者思考的"点"。当然,这种形式到底会增强读者的阅读兴趣还是相反,需要实践来回答。

"生活太现实了,灵魂会感到痛苦,这也许就是我们选择艺术的全部理由。"这是去年《文学报》记者采访我时我的一个回答,现在我仍然愿意用它来表达我对严肃文学的信心,同时也向所有在市场经济条件下坚持创新、坚持思索与质疑的同行致敬。

(2004年)

两种生活

我的朋友常常批评我"未老先衰"。因为他们对我除了关在书房看书写字外别无所好颇不以为然。我知道他们的意见很对,也全是为我好,可我就是无法改掉这日甚一日的"恶习"。每天吃过早饭,若不能尽快坐到书桌前,心里就会惶惶不安,好像丢了什么重要的东西,误了什么重要的约会似的。

我知道潇洒的人士看见我这么说一定要不屑,认为我是在"犯酸"。读书也罢,写字也罢,不过一种生存手段罢了,有什么好当真的?

奈何人真的是很不相同的。明知这种状态在别人眼里是酸腐、是愚蠢,明知读书写作如今既不荣耀,亦非时尚,但它既然出乎本性,发自真情,也就不管它愚蠢不愚蠢,时尚不时尚了。

何况在我看来,生活不仅仅是动的,是如火如荼,跌宕起伏,欣欣向荣,波澜壮阔,它同时也是静的,是静寂凝然中的微波粼粼,滴答流淌。

至少它有一部分是需要滴答流淌、凝神倾听的。

比如心灵,比如思想,比如梦幻,比如美。

好书正是这种滴答流淌的形式之一。

一本好书，它可能是已逝生活的生动记录，可能是先哲前贤的思索结晶，可能是同辈作家的心灵袒露，也可能是一代又一代人的梦想寄托……无论它是哪一种，它都是对纷繁生活的梳理、思索，对人类本质的寻找、界定，都是能够使人或怦然心动，或深思求索的。

正是这种魅力，这种不可替代的功能使得人类千百年来即使面临焚书坑儒的暴政，面临铺天盖地的文字狱也仍然不可遏止、绵延不绝地诞生了一代又一代的读书人。

莫洛亚说得好："书籍容许遐想，引起沉思。"

书籍以它的记录、梳理、思索、再现，以它那无声的述说，使得生活褪下了它喧嚣的外衣，以一种宁静的状态出现在我们面前。

甚至那阅读、遐想、沉思本身，就是人类活动的另一种形式，是人类必不可少的心智生活。

这也是为什么即使面临汹涌的商品大潮，即使在高度商业化的发达国家，也仍然有相当一部分人不改初衷，宁可清苦也不放弃书斋生活。

曾经，"读书"这两个字在我们这个礼仪之邦备受推崇，现在，它似乎有些黯淡了。不过我相信，它既是人类生活必不可少的形式之一，就不会离开人类太久太远。即使在声像影视高度发达的将来，书籍也一定仍然是人类最忠实的朋友。

不仅因为它的包容性、模糊性，它提供的时间、空间之广博远远优于声像影视，还因为，只有它能使人类从喧嚣复归沉静，从群体回到自我。

（1994年）

读书的历史

我读第一部"大部头"的书是在小学四年级。那时我刚从二年级直接跳到四年级,本当抓紧时间补三年级的功课,不想在一位远亲家无意间遇到《家》、《春》、《秋》,立刻不由分说抱回家。每天一放学就坐在临街的窗户下贪婪地读起来,读得昏天黑地,不思饮食,心整个被觉新、觉慧、梅表姐等人物给牵着走、拽着跑了。

父亲终于发现我在窗下不是在温课而是在读书,而且是《家》、《春》、《秋》这样一种大人读的书,立刻严厉训斥,严肃取缔。他问我从哪儿借的书,我怕连累那位远亲,死活不说,父亲就不由分说没收了我的书,声称呆会儿涨潮时就扔进屋后的港湾里。

我又着急又心疼,可是我束手无策。父亲很少训斥我,一旦他发火,那必定是我犯了大过了。

我只好寄希望于父亲"口言恶,身行善",不至于真的把书扔进港湾里。

好久以后发现父亲果然没有把书扔进海里去,他只是把书塞到阁楼上,让我找不着而已。

可是觉新、觉民、觉慧一群人已活生生地在我脑海里奔走行动了,他们的悲欢离合、兴衰荣辱,深深打动了我的心。

这是我头一次被文学所吸引,也是头一次意识到文学的魅力。

后来(准确说是两年后),是在同学家见识到《红楼梦》。

同学住在一所很大的旧庄园里,庄园雕梁画栋,四面环水,有花园,有假山。同学是这家人家的养女。我到庄园看同学,发现同学正在灯下读一卷发黄发脆,但间有不少仕女插图的书。同学带点羞涩带点神秘地告诉我,这就是《红楼梦》,大名鼎鼎的哦。

几天后,我偷偷带了这部大名鼎鼎的书回家,和同学一样很晚了还凑在灯下读。读完之后我觉得很茫然,既不知其所云亦不懂同学为什么说到它时要带点羞涩,带点神秘。

这位同学比我大一岁,可是人显然比我聪慧也比我早熟。她未必读出"阶级斗争"来,但一定是读出点人情读出点事理来的。

再后来"文化大革命"开始了,无论是《家》、《春》、《秋》,还是《红楼梦》,都无一例外地被红卫兵一一搜出来,投进烈火中。

没有学可上的一代人连书也没得读了,连《高玉宝》、《欧阳海之歌》也成了大毒草,被封在仓皇神秘的书库里。

我每天除了演算数学题就是坐在屋后的土台上发呆。"读书"这两个字变得像梦境一样,模糊而遥远了。

直到数年后,我和同学们一起下乡插队,才有机会重温了"读书"的滋味。

那是春雨绵绵的季节,一个偶然的机会,我从厦门大学支农的学生手里借到两册手抄的《安娜·卡列尼娜》，如获至宝，立刻装病躲进漏雨的乡村小屋，整整一天屋门不出，滴水未进，急切地解读那潦草不清的字迹，长时间地为美丽而不幸的安娜哭泣……

那份着迷、那份欣喜，如今想起仍是那么强烈而鲜明。

所以，当禁忌成为历史，各种文化名著恢复了本来的光泽，得以重见天日的今天，看到《一夜风流》、《娶个外国女人做太太》、《厚黑学》等等充斥书店，并且颇有"大举入关，取而代之"之势时，我总是感慨万千，想起一代人曾经亲历过的那段文化荒漠，不由得要为人类绵延不绝的蒙昧生出几分悲哀来。

(1994年)

无法藏匿的自我

冰心、萧红、张爱玲,同是现代文学史上的散文名家,她们三位,论才情,论功力,论成就,都是出类拔萃的,在当时的文坛(虽然她们的活动时期不同),都是堪称独树一帜的作家。而与她们同时的一批女散文家,随着时光流逝,如今再看好多已光彩不再、风韵顿消了。

同时,她们三位还都是成功的两栖作家(冰心可谓三栖,她在诗歌方面也有建树),都是既工散文,又擅小说的。

而若从小说方面看,张爱玲的才气、成就、影响较前二位显然更大。

可是,三人的散文读下来,你就不得不承认,张爱玲的散文明显略逊一筹。

不是才情、功力上的原因,也不是选材、风格上的问题,而是——这个命题说起来有些古老——是心灵的狭隘与丰富之区别。

冰心的散文,以幽婉清丽、乙乙如抽的语言抒写真与美、善与爱,字里行间透逸着典雅、圣洁、广博。读她的散文,你可以听到人类最古老最真挚也最绵延不绝的心声,那就是:

对善与爱的深切渴望。

萧红则哀婉悲愤,历历在目地诉说底层人民的苦难。"桌子可以吃吗？草褥子可以吃吗？"这石破天惊的呼号,是萧红也是千千万万被涂炭、被压榨的底层人民凄厉的呐喊,萧红以她单薄、瘦弱的身躯,肩起了家破人亡、流离失所的一代人的苦难,成为一个时代的见证、一个时代的良心。

（时至今日,每回看见牵着名贵宠物悠闲溜达的女人,我的耳边仍会响起萧红那悲愤的呼号:"桌子可以吃吗？草褥子可以吃吗？"而想起贫困山区那些蓬头垢面的孩子!）

而张爱玲——说起来真是不无遗憾——张爱玲的散文虽然也议论风生,挥洒自如,才气遄飞,从文章的角度看绝对潇洒漂亮、无懈可击,然而隐约其间的那个自我,那颗心,却因其狭隘,因其单薄,因其太多的市民气,而使你不得不慨叹:一流的手笔,二流的文章!

张爱玲的文章,谈姑母,谈女友,谈音乐,谈跳舞,谈书论画,谈自己的文章,涉猎不可谓不广,见解不可谓不新,但读来总感觉像置身旧上海的菜市场,热闹是热闹,喧哗是喧哗,五光十色是五光十色,但不过是一曲锅碗瓢盆交响曲,既不是教堂里委婉动人的圣诗,也不是音乐厅里荡气回肠的交响乐,究竟缺一份神圣,缺一份丰厚与深沉。

张爱玲的心灵,较之冰心、萧红,是更自我,更务实,更功利,更缺乏梦想与追求的,她的价值取向,基本上没有超出四十年代一个上海市民的价值观。

在小说里,她的这种心灵完全可以隐匿,可以逃遁,因为小说表现的是对社会的审视,对他人的观察,对人性的剖析与把握,而散文表达的,是作者对自我的审视,对一己生活的剖析。即使三缄其口，绝对不谈自我，但作者的心灵、思想、气质，也必然会在谈书论画、谈张三说李四时流露出来。

在散文里，作者的自我是无处躲藏的。

即使有人立志躲藏，刻意伪饰，不以真面目示人，而热情满怀地给自己戴花冠，贴标签，由于散文这种体裁实在很"独"，它对作伪者的惩罚，较之对张爱玲那虽然庸常，但毕竟真实、坦率者，是更彻底、更致命的。

它会使作伪者矫情毕露，从而也更显其面目可憎。

而且说到底，作伪基本上是不可能的。没有冰心的纯洁从容，是写不出《寄小读者》那样舒缓有致、清丽动人的文字的，同样，没有萧红的哀婉悲愤，也写不出《牛车上》那样震撼心魄、力透纸背的作品。

一个卑劣无耻、声嘶力竭的灵魂，当他想要装出高尚、装出典雅的时候，往往文章未写完，尾巴就已经露出来了。

散文家的心灵既无法伪饰，也无法藏匿。

这也是聪明过人、才气过人，小说成就辉煌一时如张爱玲者，散文仍逃不出一流手笔、二流文章之命运的原因了。

（1994年）

升腾与坠落

去年夏天,我在东四路口的作家书店偶遇一本装帧简朴的书。书名一跳进我的眼帘,心里立刻如有所感,莫名地激动起来。从那摆满各式各样传记的书架中将它抽出,我只象征性地翻了两下,立刻欣喜莫名地去交款,兴致勃勃地带它回家了。

接下来几天的阅读,证明我的直觉没有错,这本装帧近乎简陋的题为《大哲学家生活传记》的书,确实值得我辈读者欣喜雀跃的。

记得读完全书后,我曾激动地、郑重其事地在扉页上写下:李瞻必读书之一。

李瞻是我八岁的孩子。我书架上几千册书,只有寥寥几册是我郑重其事地列为他日后必读书的。

这本书之所以让我重视、让我喜爱,是因为它不仅文笔生动优美,再现了人类有史以来二十位伟大思想家的生动画像,而且在这一幅幅生动的画像背后,勾勒出了人类两千多年来的思想轨迹。你可以拿它当传记读,也可以拿它当哲学史读,更可以拿它当哲学精粹读(虽然不免简洁些)。总之,它给你的，是那样明晰而深邃，简洁而丰富，对于并非哲学专业出身而又希望全面了解人类思想的读者来说，算得上是一份上好的礼物了。

而其中斯宾诺莎和培根的两章，更是令笔者感慨良多。

斯宾诺莎和培根，同为成就卓著、影响巨大的思想家，但是他们两人，也同时标志了人类所能达到的两极——升腾与坠落。

斯宾诺莎逝世后两百多年，他的塑像在海牙揭幕时，法国历史学家欧内斯特·利南致词说："这大概是历史上曾有过的最真实的神的影像。""因为这是人类所接受的最崇高的爱。"这份崇敬斯宾诺莎当之无愧。因为斯宾诺莎"宁可饿死，也要按自己的理解讲述真理"。他拒绝接受富商的巨资馈赠，拒绝国王提供的飞黄腾达，甚至将自己据理力争、赢得胜诉而继承的遗产送给企图剥夺他继承权的姐姐，然后关在阁楼上磨镜片，以手工劳作换取学术生活的最低条件，贫困孤独地思考著述，持续一生直至老死；更因为斯宾诺莎创立了具有巨大实践意义和道德意义的学说，他宣称：上帝不是在我们之上而是在我们之中。我们每个人、每片树叶、每块土地，无论贵贱，都是上帝的一部分，都同样具有神圣的本质。因此他告诫世人，慷慨地对待别人，爱别人，过一种没有个人野心而只有相互合作的生活。因为只有这样，人类才会获得共同的幸福——斯宾诺莎从他的纯真心灵出发，为人类开辟了一条爱、合作、共同幸福的伟大思路，昭示了人类所能达到的高度。

而培根，却以他的卑劣无耻、贪婪邪恶提示了人类堕落的极限。他以优雅的风度追逐权势，用漂亮的言辞炮制谎言、掩饰罪恶。他曾经极其恶毒极其无耻地将他的恩人送上断头台,也曾经为了一官半职匍匐在国王脚下摇尾乞怜。当他终于如愿以偿,当上他觊觎已久的英格兰大法官时,他的卓著政绩是:在法庭受贿。最后,当他以受贿罪接受审判时,他居然厚颜无耻地给国王写信:"一个受过贿的人同样是善于行贿的",所以,他要送给陛下一部向后世展示国王德政的历史著作!——人的卑鄙无耻想来已难出其右了!

这样一个厚颜无耻的人,尽管写出了《新工具》等被称为科学的"独立宣言"的著作,尽管世人承认"没有人比培根更了解人类错误的原因和医治这些错误的方法了",在他的著述中,还是留下了他卑劣人格的印迹。他曾经在一篇短文中,教人们怎样利用朋友的"弱点和缺点"来控制朋友,更曾经宣称:"世界上几乎不存在什么友谊",只存在一种友谊,即"相互利用"的友谊。他还曾经呼吁:"让我到达权力的顶峰吧!……要达到目标的人必须不顾及采用什么手段。"最后,当他被关进伦敦塔,成为一名沮丧的囚犯时,他的双重人格再次得到了展示:"我是近五十年来英国最公正的法官,但是,"他自嘲地补充,"对我的判决是近二百年来英国议会最公正的判决。"

高尚纯正的斯宾诺莎和卑劣无耻的培根均已作古,印在纸上的他们的思想令人景仰,留在世人心中的他们的人生轨迹亦发人深思。人生在世,是外在的荣华可贵,还是内心的清明无价呢?

(1994年)

时间是无声无息的流水

博尔赫斯的确是个诗人。一部厚厚的《巴比伦彩票》,通篇都是对时间的探寻,对空间的追问。无论是诗、散文,还是其最具特色,也最精彩的短篇小说,表现的几乎无一例外都是作家对环绕我们的广袤时空的探究,对人类那变幻不定的命运的思索,都是玄而又玄的哲学命题。然而,诗人就是诗人,真正的诗人,真正的文学家是不会因为进行了深入的思索并获得深刻的思想就丢失其文学才情的,不,恰恰相反,卓越的诗人思索并再现这种思索时,他笔下流出来的正是独一无二的诗。

博尔赫斯的短篇小说篇篇都是诗。当然不是那种甜腻腻、黏兮兮的滥情诗,也不是那种恶狠狠、声嘶力竭的嚎叫诗,它是奇崛、诡秘、深邃、宽广,同时精湛、简洁、含蓄、完满的。它的每一句话都是叙述又不仅仅是叙述。它的许多话都饱含暗示又绝不只是暗示。它的每一篇都在画圆,但似乎每一篇都在收束的那一笔使这个完满的圆变成了一把匕首,这匕首指向的不是皮肉,也不是心,而是人们麻木的神经、停滞的思想。它让我们在猛然一震的刹那悚然一惊:生活是这样的吗?

是的,生活是这样的吗?多少枝节遮蔽了它的主干,多少假相淹没了它的本质,多少可能成为不可能。时间是无声无息的流水,不停向后流逝、流逝,我们却以为时间是永恒,永恒地在明天闪烁;空间是迷宫,不停地错位,重叠,重叠,错位,我们却相信空间是规矩方圆,是不变的"四合院"。生活如此简单而复杂,平凡而新奇,短暂而久远,人类是多么不幸而有幸啊。

(或许博尔赫斯并不是这个意思,这只是我的曲解或误解,但博尔赫斯理解这种曲解。)

"地狱的属性之一在于它的不真实。"博尔赫斯这么写道,同时他又说,"过去是无法销毁的,一切事物迟早会重演,而重演的事物之一就是废除过去的企图。"他还说,"人会逐渐同他的遭遇混为一体,从长远来说,人也就是他的处境。"……这些是博尔赫斯说出来的,而博尔赫斯没有直接说出来,通过其作品向人类揭示的,则远比这要丰富得多、深邃得多。

失明的博尔赫斯是人类明敏的眼睛。他以惊人的洞察力写出了人类的迷惘和悲哀、恐惧和疑虑、希望和激情。他以"最少的语言表达最多的内涵",同时也以最排斥激情的作品,表达了人类探寻本质的最强烈激情。

或许博尔赫斯的初衷并非如此,或许我所阐述的与博尔赫斯的真正思想毫不相干,这只是我的曲解或误解而已。但有一点是可以肯定的,即,博尔赫斯理解这种曲解,正是他,提示了曲解与错位的无所不在。

让我们走近他。即使我们重蹈曲解覆辙,我们也将获得一种能力——重新打量自身。

(1994年)

轻 与 重

米兰·昆德拉曾一度在中国大受欢迎。他的小说令中国作家们眼界大开,惊讶于小说也能如此信马由缰,举重若轻,泼洒自如。而对中国读者来说,小说能够如此议论风生,鞭辟入里,同时如梦如幻,情醇味浓,不啻是一种新的审美经验、审美享受。尤其昆德拉的代表作《生命中不能承受之轻》,是要令许多读者由衷喜爱,争购于一时的。

不过,昆德拉的小说不能多读,读多了就会降低对这位作家的敬意。原因是昆德拉太缺少变化,太过于倚重他所开创的这种小说形式。我曾对一位文学青年朋友说,昆德拉的小说最好只读两部——其中必读的自然有《生命中不能承受之轻》——超过两部就多少要倒胃口了。因为无论内涵还是形式,无论语言还是笔法,昆德拉都不惮其烦地重复自己,而我们这些不够耐心的读者,两部之后则要开始心生厌倦了。

或许我的看法过于苛刻,可是我想对一个优秀的作家,人们有理由持较高的期望。何况艺术本身是最排斥重复、最忌讳单调的,哪怕重复的是自己,哪怕这种单调曾经新异一时。

不过,尽管昆德拉在艺术上有某种不足,昆德拉所关注的主题:轻与重、趋同与超越(昆德拉的用语是媚俗与脱俗)、现实与永恒,以及他对这些问题所进行的思索,还是十分敏锐、深刻,富于现实意义的。

尤其在尼采喊出"上帝死了"之后,在世界经过第二次世界大战殿堂轰毁、价值崩溃之后;在几种制度推衍到极致,人类面临新的精神困惑之后,昆德拉的思索尤其显得重要。

"如果我们生命的每一秒钟都有无数次的重复,我们就会像耶稣钉于十字架,被钉死在永恒上……在那永劫回归的世界里,无法承受的责任重荷,沉沉压着我们的每一个行动……"

"可是,沉重便真的悲惨,而轻松便真的辉煌吗?"

"完全没有负担,人变得比大地还轻,会高高地飞起,离别大地亦即离别真实的生活。他将变得似真非真,运动自由而毫无意义。"

因此,昆德拉沉重地问道:"我们将选择什么呢?沉重还是轻松?"

一部《生命中不能承受之轻》都在进行这种思索,表达这种思索,并且在完成这部小说时完成了这份思索——尽管直到最后一笔,作者仍旧不无迷茫,仍旧有所疑惑,但是毕竟,作者已经进行了选择。

而我们众多的读者,在跟随昆德拉进行了这番思索后,自然也无法再无视我们生命中的这一严峻问题了。即,我们真的能够做到不闻不问、不管不顾、无羁无绊吗?我们真的能够嘲笑一切、否认一切、抛开一切吗?就像某些后现代作品向人们提示的那样?

在我看来，答案自然是否定的。因为当我们选择了轻松，我们也就失去了重量，我们将会无所附着，无以停靠。生活将变得空而又空，存在将变得毫无意义。失却心灵、思想，失却责任、追求，生命就只剩行尸走肉了。

何况，人类天生就有趋利避害、择轻去重的倾向，因此，后天的思索，后天的价值选择，就不仅仅显得重要，而且是一种必需的调节了。

就像上帝的存在使人类心生敬畏，理性与良知也有助于人类避免空心人的生活。

（1994年）

好作品主义及其他

没有想到居然在苏州的一个小书店里买了好几本一直想要的书。北京城实在太大了,我又实在太少出门,即使是我喜欢的书店,也常常不能如我所希望的那样经常光顾,所以我常常遗漏一些新上市的好书,以至心里时常抱憾不已。因此,当我在苏州看到这些书名熟悉却尚无缘亲近的书时,心里的高兴可想而知。

兴冲冲从苏州抱回来的书里有一本在途中就已看完,这就是韩少功的随笔集《夜行者梦语》。

韩少功是新时期以来十分活跃的小说家之一,他同时是寻根小说的突出代表。他一向以视野开阔并富于思想闻名。这本随笔集也集中体现了这一特点。

韩少功的确是长于思索的,而且,他的思索大概很为我们这些年龄相仿、阅历相近的一批人所认同。我读他的文章常常有强烈的共鸣。他谈"灵魂的声音",谈"文化复兴的共同使命",谈"民族的长旅",谈"词语新解",都是既有当代哲学、诗学的视角,又有艺术家个人独到见地的。比方他谈"后现代"。他断言"'后现代'将会留下诗人",因为"真正的诗情是藐视法则的……诗人一般都具有疯魔的特性,一次次让性情的烈焰,冲破理性的岩层喷薄而出。他们觉得自己还疯魔得不够时,常常让酒和梦来帮忙。而后现代思潮是新一代的仿酒和仿梦,是高效致幻剂,可以把人们引入丰富奇妙的生命景观。"同时他断言,"'后现代'也会留下流氓",因为"对于有心使坏的人来说,'怎样都行'当然是最合胃口的理论执照。这将大大鼓舞一些人,以直率来命名粗暴,以超脱来命名欺骗,以法无定法来命名无恶不作,或者干脆以小人自居……对后现代主义配置的社会条件不够,就必有流氓的结果。"——这样的看法,较之无限崇拜"后现代",惟"后现代"是举,不是更深刻、更公允吗?

或许更先锋、更激进的人士可以据此认为韩少功已经落伍,然而在我看来,"落伍"与否并不重要,重要的是在赶潮头、追新进的同时,我们丧失了思想。时尚的东西自然有其相对生命力,但时尚的东西不见得必定正确、必定有价值。何况陈旧的、落伍的东西也可能改头换面,组装整合,以新锐、激进的面目重新出场。所以,仅以新旧来判断良莠,辨别优劣,显然是透着几分幼稚的。

何况,将一切价值都捣毁,将一切准则都抛开后,人生还有什么可抓握、可依恋的?这不仅是"后现代"文学的惘然,也是面临人性沙化、价值轰毁的一代人的惘然。如何杀出血路,突出重围,将不只昭示文学的希望,显然也将昭示民族的希望、人类的希望。

也是在这个意义上,韩少功极力呼唤小说"重新获得灵魂"。"小说不能创汇发财。小说只意味着一种精神自由,为现代人提供和保护着精神的多种可能性空间。"韩少功自信地写道。

自信的韩少功是有道理的(如果我们连对自己的主张都不能有起码的确认,我们还主张它做什么？这个世界确有千端万面,确有每时每刻的流动变化,我们在了解这一点的同时仍需执于一端,否则我们连站立都不可能了)。小说确实必须重新获得灵魂。当文学堕落为只和我们卑微琐碎的存在等同,没有俯视,没有超越,没有梦想,没有追求,我们要文学做什么？

同样,"好作品主义"也是很有道理的。当不少批评家热衷于给作品分类入档,归流派,贴标签,只问主义不问良莠时,韩少功问道:"我们是否还需要一个立场一个更重要的立场？我们是否应该站在现实主义的和现代主义的以及一切什么主义的好作品主义的立场上,来批评现实主义的和现代主义的以及一切什么主义的次品、赝品、废品？来批评一切虚伪、贫乏、庸俗的文学？"

韩少功的质问其实道出了多年来文学批评的一个误区,即,只论"主义"不论艺术之高下。这"主义"有时表现为流派、手法,有时表现为内涵、主张。只要貌似现代、后现代,只要其内涵深刻,见解尖锐,就是好小说好诗歌,但至于在这种流派下诞生的作品是否写得好,至于这份深刻的内涵是否是艺术地表达,则是不太在意的。这种批评倾向使得某些赝品得以鱼目混珠,也使一些次品、废品得以在文坛滞留、招摇。

所以,高倡"好作品主义"实在是很有必要的,它至少可以使文坛的"假冒伪劣"稍稍销声匿迹一些。

(1994年)

真实的魅力

不大为中国读者熟悉的罗马尼亚作家斯特内斯库有句话深得我心,他说:"我们不能虚构感情。我们只能发现和表达感情。"

一个真正的作家,无论是偏于纪实的散文家、诗人(包括纪心灵之实),还是偏于虚构的小说家、寓言家,有一点是共通的,那就是,他在作品中表达的感情,必须是真实、真切的。他既不能作伪,也不能虚构。

真实、真切的感情,是一部好作品的前提,是一部好作品打动人、感染人的基础。自然,它可以率直表达,也可以隐而不露,甚至可以冷处理,但它或隐或显必须存在。没有它,思想再玄奥,语言再华丽,结构再复杂,也常常是一堆纸花,一群面人,毫无生气可言。

近读肖复兴的散文集《雪痕》,其中的《母亲》、《姐姐》等作品,已不是初次阅读了,可是展读之后,仍旧是泪水盈眶,深为那位平凡而伟大的"母亲"所感动。一位目不识丁的女性,一个有自己亲生孩子的"后娘",面对前人子女,把母爱、把责任、把善良与正直,发挥到了极致,说起来,这样的题材不能算新,这样的主题也不能算深,尤其在社会生活急剧变化,现代、后现代文学广为人知的今天,这实在是一个老而又老的故事,可是,就是这个老而又老的故事,无论你何时阅读,第几次阅读,它总能打动你、感染你,使你读罢潸然泪下——它的魅力在哪里呢?

原因自然不复杂。那其实就是浸透在字里行间的作家的真切的情感。就是这份情感触动读者,激起了读者的强烈共鸣。

换句话说,是因为作者对母亲那平凡而伟大的心体悟至深、感念至深,对母亲那细微而深广的爱了解至切、仰仗至切,一旦母亲历尽人世艰辛,遽然撒手西去,一股浓郁强烈的感情便由作家心底冲腾而起,倾至笔端,终于化成了这样一篇至情至性的文章。

而若非那深切绵长的情感,作品中那历历在目的往事,那琐碎而鲜明的细节,那浓郁真挚的氛围是不可能如泉涌出,并使读者回味再三、难以忘怀的。

这里,"情真"引出了"貌真",即叙事状物之真实真切,而"貌真"的实现,又使"情真"的表达成为可能,使一个平凡古老的故事,在九十年代的今天,依然能够打动现代人那日益粗糙疲惫的心,其中的道理,值得深思。

(1994年)

理想生活

仍然记得插队时一份铭心刻骨的感受。

那时候刚下乡的我们,每天和农民姐妹一起挑粪上山(虽然一起,却不一样,因为当时是大"轰"隆出工,谁都不愿多出力、多流汗,农民姐妹的粪桶是自家打造的,个个造得桶小底厚,小巧玲珑,而我们知青的粪桶是在供销社统一买的,又大又深,容量惊人,所以大家笑说刚出校门的学生娃倒成了生产队的主劳力)。山很高,是方圆几百里最高的那座,本来只有林木杂草,因为学大寨造梯田,所以山上有了几十亩水田,所以我们必须一担担、一挑挑地蜿蜒十几里送粪上山。山路绵延,漫长如浩浩的人类历史,两大桶粪水在肩上压着,如山、如磐,终于越来越泰山压顶般地压在肩上,压在心里。

于是极深地体味人生:幸福不再富丽堂皇,流光溢彩了——对于大汗淋漓、上气不接下气的负重攀登者来说,空着肩、甩着手,在熙熙攘攘的中山路闲逛,便是幸福,便是奢侈。

一晃二十多年过去了,生活发生了剧烈的变化。空着肩甩着手在马路上闲逛对于今天的我们当然不再是幸福,不再是奢侈了,但有一点于我已是没齿难忘:

理想生活原来并不遥远。只要你要求的不是极致,而是和谐。

是的,如果你要的是极致——爱人要最浪漫,女儿要最美丽,工作要最优雅,或者钱要最多,车要最好,房要最大,那么你当然永远都会不满、不快,因为极致难遇更难求,天下之大,谁能样样都是最好呢?最好又是什么标准呢?

须知天外有天,山外有山啊。

如果我们懂得和谐便是美,和谐即福音,那么一切都会不同了。

孩子的一个笑靥、一声啼哭,亲人的一份关切、一次叮嘱,路人的一丝善意、一缕爱心,或者阳光涌入居室,春风拂动窗帘,满天星光将你无言照耀,这极平凡、极不起眼的一切,便会在瞬间光华四射起来,你猛然的便有了一份感动。

当然,这里说的是形而下的生活。对于高踞于形而上殿堂的艺术家来说(音乐家、美术家、文学家),天性使然,他往往是要求极致的,而且,平心而论,他也必须要求极致,否则他的作品就有可能流于光滑、流于平庸。但这是在创作上。在生活中,如果他也处处要求完美,要求极致,那他的日子,肯定要一塌糊涂了。

或许这正是不少艺术家生活常常动荡不羁的原因之一?

当然要求极致并非艺术家专利,每个人都可能有此倾向,只是程度不等而已。

我自然也患过这种"完美主义"病,苛求自己,也苛求亲人。这种时候,无论生活实际上是怎样的,它在辗转反侧的人眼里,全是破碎和不堪的。

所以,我对那段插队生活常常心存谢意。它总是在我误

入歧途的时候提醒我:

极致在某种意义上是不存在的,而和谐,只要你愿意,你总能和它相遇。

也许这是一种退守,一份无可奈何,可是,对于自身便充满局限的人类来说,在一个个庸常而真实的日子里,舍此又有何"出口"呢?

(1998年)

柴米油盐书

把柴米油盐和书放在一起显然有些不伦不类。对一些人来说,书是高雅圣洁气宇轩昂的,和卑微、琐屑的柴米油盐风马牛不相及;对另一些人来说,柴米油盐是实实在在不可或缺的,而书籍这种东西却是好高骛远不着边际的,它们之间,不说八竿子打不着,至少也是"志趣迥异"的。

不过,如果把它们作为生活要素(而不是生存要素)来看,它们其实是可以相提并论,而且很应该相提并论的。

强调生活要素而不是生存要素,是因为,如果你不仅仅是活着,而是生活——发现生活,创造生活,体味生活,那么,柴米油盐和书作为生活的两极:物质与精神;保证基本生存和提高生活质量,就是同样至关重要不可或缺的了。

就像汽车是我们双足的延伸一样,书籍是我们目力的延伸。不,不止于此,书籍是我们大脑的延伸、心灵的延伸、感官的延伸。

一个终其一生什么书也不读的人,他的生命只有一次。除了他自己所遭遇、所听说、所体味的,他不知道还有别种生命方式,别样生活轨迹。

而一个博览群书的人,他所涉足,所体悟,所了解,所思索的,显然是成百倍成千倍地增加了。他可以徜徉在历史的长河中,体察帝王生涯,布衣甘苦;也可以奔走于异国的疆域,饱览山川景物,风土人情;他还可以出入于欧洲的沙龙,拉美的丛林,或做风流倜傥的情人,或为跃马横戈的猛士……当他对这一切感到厌倦时,他可以坐下来,在微风徐徐的夜晚,让本族或异族的诗人,拨动三弦琴,对着他吟哦呢喃,嘤嘤倾诉。

这时,他的心灵不仅仅是他的心灵了,那里注入了别的心灵——遥远的,陌生的,怪诞的,无羁的,奇异的,丰厚的……

我常想,人类实在是奇妙的。当他了悟生命只有一次,人生只有一回时,他便让语言插上了翅膀——语言不仅仅是交流、阐述的工具了,它还用来记录、编织、演绎。通过语言,人为自己的有限提供了无限的补充。

也是在这个意义上,我常常庆幸自己是个喜欢阅读的人。书籍使我们的生命,成百倍成千倍地扩大。无论声像影视将来多么发达,我想都不能取代阅读。因为只有阅读能使我们不仅仅是被邀的"客人",而且是从容的"主人"——无声的铅字敞开在那里,我们可以随时随地地进出,自如从容地思索。

这也是为什么我写下"柴米油盐书"这个题目。我希望借此表达我对生活的某种看法,同时也让我的孩子记住,在他将来的生活中,书应该和柴米油盐一样重要,虽然他现在热衷的书,除了武侠小说,还是武侠小说。

(1998年)

境　界

朋友的朋友从国外回来,和朋友闲谈人生,他说:
"人生有四大乐事。读异书,饮美酒,对丽人,看名花。"
朋友将他的宏论转述给我听,我笑了,我说:
"这是典型的'男人话语'。女人绝不会这样归纳人生。"
"哦?"
"首先,对女人(读书的女人)来说,读书的确是人生一大快事:不过,是读好书而不是读异书。对于稀奇古怪、三教九流之类'异书'的嗜好,女人从来不及男人一半。是好书而不是异书使知识女性怡然欣然,流连忘返。

"饮美酒这一项对女人也不成立,饮酒的女人毕竟少数。喝茶、饮咖啡倒还普遍,但是这二者法力不够,无法使人心醉神迷,乐不思蜀。

"对丽人这一项……"我刚说了个开头,朋友便插话:"这一项你可以改嘛,改成俊男什么的,意思是一样的。"

"不一样。"我说,"对女人来说,英俊与否并不重要,重要的是是否知己,是否情投意合(原谅我用了这个词,实在是一时找不到更合适的)。这也是男女的一大区别——男人欣赏的是靓丽,女人看重的是知心。

"至于最后一项看名花,如果问我,我宁可改成游胜境,虽然我是个出了名的不爱动、不爱旅行的人,但即使如此,我也觉得游胜境远比看名花有意思——这里大概又隐藏着两性差别。男人主宰世界,气吞山河,所以得意于居高临下地赏花品花,所谓万物皆备于我是也,而女人受制于人,双肩孱弱,自然向往海阔天空,气象万千,希望于开阔凌厉的天地间汲取精华,强筋健魄……"

"你是不是扯远了?我来替你归纳一下吧:读好书,品香茗,对知己,游胜境。这就是你们认定的最佳境界。"

"不,不,还有比这些更重要、更美妙的。"

"哦?"

"是的。你看看那些年轻的母亲,当她们拥着她们的婴儿时,脸上洋溢着多么动人的光辉,你就知道在她们心里,什么是人生佳境了。"

(1998年)

闲暇的滋味

许多年了,一直都是忙忙碌碌、烦烦扰扰。手里的工作,家中的小孩,社会上的是是非非,生活中的悲悲喜喜,即使不是压得你寝食不安,坐卧不宁,也是一天又一天不由分说地把你拽住,把你塞满,使你常常心生向往,慨叹何时能够"采菊东篱下,悠然见南山"。尤其去年写长篇小说,整整一年,天天坐在电脑前劈啪打字,推敲演绎,不能放松也无从放松(因我是个一心不能做二事的人,此事不了,心无旁骛),对于那种心无所系、悠哉游哉的生活,更是不胜向往。

所以,长篇交稿,文集编定,迁居等家事完成之后,立刻给自己放长假:即便不是歇上一年半载,放松几个月也是必须必然的。看看镜子里那个神情憔悴、华发渐生的家伙,想想这么多年来埋首键盘,"不知有汉"的生活,觉得真是太对不起自己了。

于是,暑假一到,便带上孩子,理直气壮地往海边度假去。

北戴河的海滨清新滋润,凉爽宜人。每天早晨我都急不可耐地起床,欣欣然、怡怡然地走进她的怀抱。我大口大口地吞吃像水一样澄净的空气，张开双臂，让海风那温情脉脉的手指，抵达自己的每一寸肌肤。

每天下午，孩子都在海里大呼小叫，扑腾跳跃。我不是"随侍左右"，便是捧一本书，在沙滩上的遮阳伞下，一边阅读，一边享受天风海涛。

不用说，如此心旷神怡的时光令人陶醉。我对自己说，这才是生活，这才是辛劳终日的劳动者应该享有的一份生活。

我甚至对孩子许愿：从此，每年夏天，我们都要有这样的休假，这样的欢乐时光。

可是没有想到的是，几天以后，我们的欣喜愉悦却大打折扣了。我们，尤其是我，渐渐不耐烦起来。

阳光依旧，沙滩依旧，天风海涛依旧，变化的只是，从北京带来的几本书陆续看完了。每天从海边回来后，我们无事可做了。

当然，我安慰自己说，没有书看，没有事做，你可以聊天、发呆、看电视，你还可以和孩子下棋、打牌、编童话——你不是一直抱怨自己没有闲暇，缺乏应有的松弛吗？

于是开始和邻人聊天，和孩子海阔天空地编童话。孩子另有天地时，便独坐凉亭发呆，或者长时间地盯着电视屏幕，看一集又一集的肥皂剧……

只是，无论如何也做不到专心致志，怡然欣然，另一只耳朵总是情不自禁地在倾听——倾听时间的脚步，倾听心里嗡嗡嘤嘤、此起彼伏的不满……

空空落落、无聊无谓的感觉塞满了每一天、每一刻，时间变得如此漫长，如此难以打发。

你甚至怀疑起很多东西来。

北京家里那随处可见的书刊杂志开始显得美丽起来(你原来总是抱怨它使你的生活凌乱不堪),那占据了两面墙的书柜再度发出耀眼的光芒(搬家时你为它们吃足了苦头,曾经发誓要限制它们),那闪烁不定的电脑屏幕也日益清晰柔和起来(它的射线和亮度从来都是你所抨击的),甚至那成堆的家务,成堆的待复的信件稿约也不再令你不胜其烦了,它们,这些你以为一直都是你的负担的书籍、报刊、电脑、家务,现在全都成了你的依托、你的饱满与充实的保障。

你需要它们就像需要食物和水。

你们终于从海边提前返回时,北京仍是高温酷热,可是你们兴高采烈。重新坐到书桌前敲打键盘时,你真切而深入地体味了那句老话:

"工作着是美丽的。"

你知道那绝不是故作姿态的一句话,就像此时你确切地知道:

不是工作需要你,而是,你需要工作。

(1998年)

感觉与经历

我曾在一篇小说前写过这样一句话:我经历的不多,但我感到的很多。

之所以有这样的感慨,是因为常有朋友说,你看上去是一个周正平实的人,你的经历也并不独特复杂,你怎么有那么多的感觉、体味、思索、焦虑?

是的,我的确是个经历平直的人,既不曾被甩上浪峰,也不曾被抛到谷底,既没有大起大落,更不曾大红大紫,我的生存严格说一直都还是风平浪静、稳当周正的。

说风平浪静、稳当周正当然指的是外部形态,在内心,我想我不能说同样周正平直,波澜不惊。

这就是为什么我写过开头的那句话。感觉和经历实在不是对等的。

对一些人来说,他经历的比他感到的要多得多。

对另一些人来说,经历与感觉是相等的。他经历了多少,他就感觉到多少。

而另外一些人正好相反。他们的触觉、听觉、感觉似乎格外敏感,对于欢乐,对于痛苦,对于焦虑,对于恐惧,对于爱恨情仇,生离死别,甚至对于无聊无谓,无可名状,他们的反应总是比别人多,比别人剧烈。他们感到的远远胜过经历的。

不仅仅感到,他们还常常浮想联翩。约会时朋友晚到了,随着时间的推移她便渐渐惊恐起来,因为想像力不可遏止地带着她莅临了可能的惨剧:车祸,绑架,突发宿疾,倒毙街头……及至朋友终于气喘吁吁地赶到了,她的精神,已历经了可怕的折磨。

我曾经写过一个中篇小说,那是我头一次取材于身边的人和事。因为当时有位年轻同事的生存态度令我既震惊厌恶又不乏同情,于是我以第一人称尝试着进入这类人的内心,虽然我对于他们的了解其实既有限又潦草,而他们的性情为人和我也是大相径庭。但是小说发表后,居然"真实"得招致误解(因为用了第一人称)。对此我相当意外,后来想想,其中起作用的大概是感觉揣摩、"见微知著"的能力。想像力使你可以成功地历经不同人生,体味异样心态。

同样,当大家的手脚都空闲下来,身体都安歇下来时,这些人的脑子却仍然不停地在转。一个小小的细节,几桩普通的事情,一场平淡不过的谈话,都会引发他们的怀疑、思索、推理。他们总是乐此不疲地从枝节出发,推敲检索,究根寻底,直到抵达本质。

而本质又常常反转过来引导他们的寻根究底,推敲检索。

他们对于欢乐、愉悦、欣喜、幸福的感受甚至也不同于对悲哀、忧伤、焦虑、痛苦的感受。他们似乎对痛苦特别敏感,对焦虑"情有独钟"。当他们遭遇挫折、受到打击时,他们的焦虑痛苦不言而喻。而当他们获得助益、收取幸福时,他们本该有的反应却大打折扣。

他们的欢乐神经显然远不如痛苦神经发达。

而人生的悲愁烦恼自然是比欣喜愉悦来得多、来得勤、来得长久的。

我知道有些孩子,天生地缺乏痛感,当他们被棍子打了屁股,被刀子划了口子,或者在雪地上摔得四脚朝天、鼻青脸肿时,他们照样乐呵呵的,毫无感觉。我常想这样的人多么幸福,假如他们的内心和他们的肌肤一样缺乏痛感,拒绝反应,他们无论是童年还是成年之后,都是非常幸福的人。

但是医生朋友却告诉我,这样的人是很危险的。因为他缺乏痛感,他本该有的反应被剥夺了,当他疼痛时,他不知道去求医,当他流血时,他不知道该止血。生命有时就在这不知不觉间不痛不痒地消失了。

我听后悚然心惊。如此想来,当心灵疼痛时不知道疼痛,当灵魂失血时不知道失血,也是危险而可怕的事。生命也可能在这不知不觉间不痛不痒地遽然长逝。

所以,我常常怀疑反思的我们这些人的"过敏"禀性,想来也未必全是坏处——当我们强调社会的痼疾,渲染人类的苦痛,描摹人生的苍茫底色时,我们或许正在帮助同胞避免"疼痛缺乏症",从而也帮助人们避免不知不觉间不痛不痒地消失的厄运?

(1997年)

生　病

　　我的身体像我的性格一样爱走极端。我认为某人好或者某事正确的时候,我往往热忱忠实、不遗余力,一旦发现某人卑劣无耻或者某事不义不端,我总是抽身就走,斩钉截铁,不肯有一点过渡,一丝敷衍。

　　这样的性格当然常常要吃苦头。因为它太不懂掩藏遮盖、过渡透迤,太容易单刀直入、授人以柄。

　　好在如今已足够坚强,或者说已不在乎是否招人嫉恨攻讦、挟嫌报复。只要无愧,只需心安,即使独往独来,也不改其志,不失其乐。

　　何况越来越爱上独往独来了。何况邪祟终究是邪祟。

　　只是连身体也像这性情一样不圆滑不通融,这一点却让我大惑不解,吃足苦头。

　　比如感冒这种小病。这种小病我是几乎每次换季都躲不过的。无论怎样小心提防,怎样锻炼有加,届时该来的还得来,一来就"气焰嚣张",势不可挡。

　　而且,令我迷惑的是,它居然和我的性情一模一样。

　　比如大前天,我和往常一样骑车出门,发现春天已经君临这个城市了。无论阳光,还是空气,无论风,还是尘土,无论临街的树木,还是穿梭行走的人,都已和昨日绝不相同。

昨日还是冬天。

今天,却已经是干燥、温热、骚动、飘飘然、昏昏然的春天了。

我的头立刻昏昏然起来。我知道大事不好。

回到家,来不及喝水吃药,我已经躺倒在床,发烧恶心地闹起来。

先生十分奇怪,因为我既未过劳,也未受惊,只是骑车出去转了一圈,怎么说病就病得这么厉害。

我也不懂其中道理,而且我也顾不上其中道理了。我只是急切地将先生塞给我的药丸药片吞下肚去,然后捂着棉被闷头昏睡。

睡了三天,突然觉得浑身轻松起来。下床走走,头也不昏,心也不慌了。

也不再想吃咸菜、腐乳和冰凉的西瓜了。我想吃米饭,想吃肉,想吃荷兰豆。

于是高兴地宣布自己病体痊愈,可以工作了。

先生却怀疑,他过来摸我的额头,按我的脉,半晌才承认:

"是不烧了,心跳也正常。"

但是,他突然愤愤然起来:

"你这个人莫名其妙!说病就病,说好就好,一点过渡也没有——真是不可理喻,怪人!"

我想想也觉理亏。是啊,没有任何先兆突然就病了,没有慢慢抽丝的过程,说好就好了,不是古怪是什么呢?

再想自己平时待人接物,也是不肯过渡,不肯敷衍,总愿意一是一、二是二,白即白、黑即黑,似乎也太简单直接了。

须知这个世界并不是可以简单直接的啊。

可是再一想,又何止待人接物呢。当年沉湎爱情时,一旦发现斯人无行,不也是抽身就走、义无反顾吗?

可见江山易改,本性难移。

连生病这样的事也脱不开本性,我知道自己此生是无法抛弃那以简单对复杂的幼稚的逻辑了。

(1994年)

幻 想 者

人类的划分名目繁多。以阶级论,以职业论,以品行论,以资产论,以健康状况论等等,所以有好人、坏人;穷人、富人;常人、病人;资产者、无产者等等区别。其实,人也可以很简单地按性情划分,即,喜欢幻想还是注重务实。因为究根寻底,人类的不同做派、作为,不同界别、职业其实都和这两种截然不同的性情有关。

合格的政治家一般都是务实的人。政治家若像诗人一样富于幻想、耽于想像,轻则误己,重则误国;成功的商人也都是注重现实的人,好幻想不务实的商人想来只好转道去炒股,而且只适合那种暴涨暴跌的盘面;好的工人、农民、匠人也必定都是务实的人,因为他若整天心猿意马,不着边际,他一定种不好田,做不好工,造不出好家具器皿来的。

而诗人、小说家、画家、音乐家、表演艺术家,他们若不善于幻想,耽于想像,有着丰富饱满的虚构揣摩能力,第一他们不会天生地倾向于这些职业,第二他们即使从事这些职业,他们的艺术成就也会大打折扣。只重现实、不屑幻想的人成不了艺术家,既爱幻想又重务实的人只是半个艺术家。终日沉湎于想像世界,对现实现世不甚了了,如梵·高,如卡夫卡,则是能够抵达艺术巅峰的纯粹艺术家。

当然,纯粹的人、纯粹的事在我们这个世界总是稀少罕见的。

大量的是相对的东西。

就像人类相对来说可以划分为两大类一样:一类是务实的人,一类是幻想者。

务实的人是高度重视现实、关心现世的人。他们十分相信本能,相信肉眼所见、五官所感,推崇今生今世的幸福远胜于来生来世的安慰。他们不大容易产生宗教感情,也不大容易迷恋艺术、文字,他们贯穿始终的原则是:做得好,活得好。

幻想者则完全不同。幻想者总是不能全神贯注于这个世界,他们的头脑、心灵总是隔三差五地和这个世界剥离。他们常常像一个醉酒者,对眼前的事物心不在焉,视而不见,而对大脑里的幻象和心灵的幻觉孜孜以求,心醉神迷。他们相信一切神奇神明:宗教、艺术、气功、奇迹……他们在某种意义上,是这个世界的通灵者。

他们无形中走出的轨迹是:想得多,想得好。

因为有大量聪明务实的人,这个世界才可能富裕而充实。同样,因为有不少如醉如痴的幻想者,这个世界才可能绚丽而多彩。上帝造人,既造幻想者,又造能够将幻想变为现实的人。人类就是在这双重的馈赠下,才得以一步一步、一个阶梯一个阶梯地更替、升华!

当然，能够变作现实的幻想比起那总是高悬不落的幻想实在是九牛一毛。所以，幻想者的痛苦比起多数务实的同胞来，自然要多出几倍十几倍了。

（1997年）

简单生活

现在,如果有人向往"采菊东篱下,悠然见南山"的生活,一定会被视为落伍或异相,的确,如今大家憧憬的即使不是名车、豪宅,起码也是电脑、网络。进入二十一世纪以后,生活这辆列车要将人类带向何方尚不可料,不过有一点是肯定的,随着科技和物质的高度发展,人将生活得越来越热闹,越来越复杂,越来越紧张。安静而简单的生活将日益被人类抛弃?

这是历史的步伐,是群体的选择,个人当然不能也无力阻挡。

不过,在天空越来越阴郁,四周越来越喧嚣,资源越来越匮乏,沙尘暴越来越逼近我们的某一天,我们或许会静下心来,重新审视这一切——在我们这个人口极度膨胀、资源相当有限的国度,我们所做的一切,是否都是合理而且必须的呢?我们是否该有所为,有所不为呢?

比方家庭轿车。比方过大的城市,过度的开采和不断地重复投入。

我不是政治家,也不是经济学家,我无法确切地论说这一切。但是我知道，我们人类的欲望是无限的，而我们的幸福感、满足感是有限的。当我们以无法挽回的对环境的巨大破坏，对资源的恶性透支换回些微并不那么稳定的幸福感、满足感时，我们是赢还是输啦？

更何况幸福感并不仅仅源于物质。优美的环境、温暖的家庭、放松的身心、和谐的人际关系也是打造幸福的材质。

东方哲学里有一个重要的命题是节制，是平衡。在我们以急切的心情步发达国家之后，大肆开采拼命发展时，我们是否需要加进一点东方的元素，使之更趋和谐，更趋完满？

我有时常想，匮乏的生活当然绝对不应该（当年那种宁要社会主义的草，不要资本主义的苗的荒谬逻辑再也不能上演了），适度的节制还是需要的。尤其在我们这个人像草一样密集的国度，如果个个住别墅，人人开汽车，那我们的四周，我们的天空会是什么样子呢？我们能有恬静温馨的家园吗？

如果不久的将来，我们的人民（包括偏远地区贫困地区的人民）都能有充足的食物，洁净的住宅，有良好的受教育机会，有稳定的收入和可靠的医疗保障，我们的天空是清澈的，我们的治安是良好的，我们的食物是安全的（没有毒米毒酒毒猪油），我们的人际关系是和谐的，我们的社会是充分法制充分民主也有充足信息的，那么即使我们天天乘地铁、公交车、自行车上下班，我们不是家家有豪宅，个个用手机，我们的生活，也不能说是不幸的。

阳光、空气、水，思想、艺术、温情，这些快要被现代人遗忘的字眼，或许需要再次突显，以提醒我们，它们同样是幸福生活的要素？

简单生活自有简单生活的美。新鲜的空气,充足的食物,音乐、书籍、自行车,谁说它们不能使人愉悦,使人健康而快乐地生活呢?

(2000年)

中医比西医更接近真理

本年度我最深切的认知是：中医比西医更接近真理！

君不信，请听我细细道来：

首先，中医认识到人是天地间生物，人体小宇宙与天地大宇宙运行规律相同，且人体必然受天地周流之气、二十四节气转换等等之影响，而西医对此几无认知，诊病治病时仅把人看做独立于世的个体；

其次，中医认为人是一整体，各脏腑经络相辅相成相生相克，故须整体辨证标本兼治，西医则对此视若无睹，分科分类，头疼医头脚疼医脚，只治标不治本；

第三，中医认为人体不仅有可见的五脏六腑，还有可感的经脉穴位、一气周流，西医则只见脏器血液、四肢五官，余多不觉；

第四，中医认为人病是人气先自病或出偏，让病毒细菌、风火湿邪等有机可乘有缝可钻进驻人体肆虐为病，治病以调整自身，驱逐病邪为纲（具体有汗、吐、下、补、和诸法），并不要求在体内杀死病毒细菌，既避免了与病邪正面肉搏两败俱伤，又能彻底去除病邪标本兼治，而西医则在体内大开杀戒，轻则输液打针,重则化疗放疗,治小病虽易愈却往往伤人正气于无形,治重症如癌症则癌魔被灭人体阳气也被绝,病人往往未死于癌症却很快死于所谓并发症;

最后还有重要的一点是,中医敬天循道,治病用造物主早已造化提供的天然植物(少量动物),西医则崇信人力,采用人工合成的化学药物、物理射线,其对于人体的作用恰如农药化肥之于农作物,其终极效果如何可想而知。

我华夏祖先何其智慧,数千年前就知天道,识人理,留给我们中医中药这璀璨宝藏!奈何近代以来因西域势强,西风渐进,西医携科学之名拓疆扩土,中医在华夏大地竟成了可有可无之补充!我辈愧对祖先久矣!

强烈呼吁炎黄子孙不要再以偏概全(中医因人施治辨证施治,其疗效有赖于医生个人准确的直觉和施治的经验,难度当然高于千人一刀万人一药全部标准化的西医),把真正切近真理的中医当做不科学,把有相当缺陷的西医当做医学领域的唯一科学。

如此,则华夏幸矣。

(2011年)

夜晚的奥秘

著名的拉斯维加斯赌城有一个显著特点,即,无论白天还是夜晚,那里都是灯火通明,熠熠生辉。我曾和家人讨论,为什么青天白日之下还要灯火通明?孩子的结论是:为了美。灯光使赌城美丽辉煌。先生的结论是:为了醒目。在商业社会,醒目就意味着成功,意味着财源滚滚。

我的猜测则是:灯火制造夜晚的气氛,制造梦幻的气息。在五光十色、令人目眩的灯光下,赌徒们更容易如醉如痴,走火入魔。通明的灯火阻止了白天的到来,也就阻止了赌徒们的清醒和理智。

众人皆醉,老板独醒。赌城自然财源滚滚。

是的,夜晚和白天是如此不同。夜幕降临,月华当顶,人们无论是声音还是体态都变薄变轻。灯光下,人们眼神飘忽起来,脚步飘忽起来,心情飘忽起来。光天化日之下不可能有的遐想、幻想、梦想稍不留神便会倏忽而至,搅得你心荡神移,莫衷一是。诗人常常在夜晚诗兴大发、出口成章,散文家容易在夜晚涕泪交泗、感动感伤,小说家的夜晚玄机四伏、灵感翻涌,音乐家的夜晚则流珠溅玉、旋律飞扬……即使夜深人静了,人们都已宽衣静卧,松弛下来的脑海也仍意犹未尽,它们怡然欣然地在人们的梦乡里摇荡、摇荡……

第二天醒来,我们往往会心一笑,因为夜里我们遭遇了神奇。

当然,我们也可能惊魂未定,因为我们刚刚从险境中脱身,我们和魑魅魍魉短兵相接。

我常常在夜半醒来时迷迷糊糊地走进白天写了一半的小说里。我亦真亦幻地成为我故事中的故事,人物中的心绪。我在故事中想像故事的发展,在人物里体味人物的哀乐,在情节中清扫情节的足迹……白天卡壳的地方此时豁然开朗,障碍于瞬间成了助力,成了契机。我领略了夜晚的奥秘与神奇。

听说医学界曾有人断言,夜间躺在床上的时刻是解开难题的最好时刻。我想他是对的。不是因为夜半静寂,易于集中精力思考,而是因为夜半时分,半明半昧,理智入眠了,本能得以异军突起,纵横驰骋,所以于不知不觉间解开了被理智系上的死扣。所谓踏破铁鞋无觅处,得来全不费工夫。

所以,在某种意义上,夜晚是梦幻穿行的时刻,是理智缴械的时刻,夜晚的一切更贴近本能、贴近自然。如果说白天属于科学家,夜晚则属于艺术家,白天是政要的天地,夜晚则是诗人的温床。

(1997年)

在炉火前梦想

　　写下这个题目我既怦然心动又怅然若失。因为这是多少年以前的愿望,又是在多少年时光的打磨下日益遥远日益陌生了的愿望!青春消失,鬓角渐白,少年、青年的梦随着斗转星移,世事沧桑,已变得遥远、模糊、陌生了。我们以为有些东西是恒久不变、永驻心田的,其实蓦然回首,它们不知不觉间就要销声匿迹、无影无踪了,你不赶快伸手去抓,你就要永远失去它了。

　　在溪流边发呆,在炉火前梦想,在山脚下的木头房子里读书、思考……这曾经是一代人的生活目标、生存极致,如今,它只剩下若有若无的影子,而且马上就要倏然远逝了。信息时代、工业时代使人类注定要抛弃农业社会安静恬淡的梦想,转而对迅捷、轰鸣、五光十色侧目而视,怦然心动。人们在日益现代化、机械化、物质化的生活中,也渐渐变得现代、机械、物质起来。

　　但是心灵有时会突然出来反对躯体。它会出其不意地让正在意驰神往的感官瞬间终止,思路蓦地回到二十年前,回到溪水边、炉火前,回到臆想中的木头房子……心灵在这些瞬间重新成了主宰,她牵着躯体的鼻子,一次又一次造访梦境。

或许正是有了心灵的这种反叛,人类才得以反观自身,反省现状,才不至于在利润和物质的"权威"前一味地唯唯诺诺,俯首帖耳。骚动不宁的人类、欲望无限的人类的确需要对自身的反叛、反省、反观,需要对自身发出警告,予以节制。

文学,哲学,美术,音乐,戏剧,这些人类源于怀疑,源于不满,源于超越和拓展的活动,除了其固有的美学意义外,其社会学意义也在于此。这另一种声音或许逆耳、刺耳,或许偏执、过激,但杜绝了它,人类将陷入另一种境地,人将看不清自己。

就个体生命来说,喧嚣是一种存在,平静也是一种存在——甚至是更重要的存在。因为究根寻底,心灵需要的是安静而不是嘈杂。只有在静寂中,你才能重温童年的梦、少年的心,你才能重新倾听内心的声音,知道此生此世,你真正爱的是什么,你真正想达到的是什么样的境地。

(1997年)

造茧与呼喊

一部资质平平的电影有一刻突然蹦出一段让你心头一震的对白：

"时间是你们的游戏，你们与混乱为伍，你们与不安做伴……"

这段话是针对儿童在我们这个骚动、喧嚣、浮尘滚滚的时代的处境所说的，可是我意识到这段话差不多也是我们全部生活的指认。

或者只需改掉一个词，它就会更加贴切而准确。

"呼吸是你们的游戏，你们与混乱为伍，你们与不安做伴……"

是的呼吸。呼吸才是我们的游戏，而时间，那是历史的游戏，上帝的游戏。

我们不仅丧失了优美的心境，我们也丧失了优美的能力。我们步履匆匆，我们心房咚咚。我们目光炯炯，我们言语铿锵。我们欲望灼灼，我们思绪纷纷。惟一静谧的是我们的温情，我们的温情之地已是寸草不生，波澜不惊。

我们连半分温情都剩不下了。

谁要是不幸保有几分温情，谁就得做好就义的准备。

这就是屹立在我们对面的本质。这就是我们不得不抛到身后，落荒而逃的真实。

我们就这样狼狈不堪地逃到纸上，逃回梦里。我们多么庆幸在睡梦中我们还能从容地呼吸、自如地吐纳呀。我们甚至可以尝试着优美地起舞。

于是，我们日复一日、年复一年地在纸上画梦，在梦里吐纳。我们希望我们吐出来的丝丝缕缕，虽然纤细虽然柔弱，虽然弯曲虽然飘摇，却将将就就可以编织成雪白的茧，也将将就就可以为蜕变成蛹的我们蔽体藏身。

我们憋足劲儿在茧里呼喊，犹如在旷野里呼喊。

我们听不到回声。也许永远也听不到了。可是我们还会不停地呼喊下去。谁都知道我们除了呼喊，别无所能。

（1996年）

年头岁尾

严格说，我们今天的中国人是几乎没有"年头"的。因为新历的年头恰恰是旧历的岁尾，而旧历的"年"在我们这块土地是何其重要、何其神圣，无论如何也是不容置换的。可是我们作计划、安排一年的事儿一般都是依新历而作的，这样，我们几乎就有了两个岁尾而没有或只有一个年初了。

岁末的气氛一向是我所害怕的。它总是那么急匆匆，忙不迭，仓促潦草，急火攻心的样子。因为年关将至，有那么多的事未完（而必须完），有那么多的心思未了（也必须了），有那么多的计划要作（不作的话明年何为），还有那么多的电话、贺卡、信件须打、须寄、须复，还要惦着给老人寄礼物，给小孩添新衣，和辛苦劳顿了一年的姐妹兄弟互通情况，互致问候……这一大堆活儿积在手里手脚就忙乱不堪，压到心上心里就是说不出的焦急烦躁。尤其收到朋友亲人的贺卡了，而自己的一张都还没有发出去，心里的急乱劲儿就又平添了几分。

更何况年关将至的时候，自然的节气也好，人间的氛围也好，都是那么一致地散发着岁末的味儿。在北方，岁末的天总是格外地低沉,格外地挤迫,常常间有"欲雪不雪"的样子,令你想到年关将至,是新的一年的"前夜"了。而人间的气氛,更是不由自主地一派忙乱热乎,躁动急就,人人都在匆匆赶路,匆匆赶事儿——赶着把手里的事做完,赶着把今年的账了结,赶着在新的一年到来的时候,手上心里都是清清爽爽,无牵无挂,一片明媚悦人的空白,好心闲气定、喜上眉梢地迎新年,送旧岁。

我想我害怕岁末的气氛也许因为我的工作需要安静,而我也安静惯了。岁末的气息一飘过来,我们周围的空气就像被点燃了似的,哔哔剥剥,灼灼蹿动,好不烫人。我们再也无法心闲气定地读书、思想、写文章。我们"做贼心虚"起来,我们只好边打字边不时四顾,边四顾茫然边想着自己是否也该加速也该忙乱起来了,因为,你这里的心闲气定显然与到处躁动着的岁末氛围格格不入。

当然,也许还因为我一向懒散,而除旧布新最重要的一项就是洒扫庭除。陪着我们度过了一年时光的房子、家具、衣服、被褥早已弄脏弄乱,需要清洁整理,需要焕然一新。而这,当然意味着"大动干戈",意味着费时费力——倒是不费心,不过我们这些人的毛病却是乐于费心不愿费力的(写到这里我真是觉得惭愧极了,谁家摊上这样的主妇谁家也无法不口出怨言)。

或许还有更重要的一条——岁末的降临意味着我们的生命又耗掉了一寸。我们已进入中年,我们早已不是盼着长大、盼着过年的孩子,所以我们拒绝岁末,拒绝岁末那世纪末般的感伤氛围。我们愿时光停顿,愿晨曦长存,愿年初永远。

当然这些都不是要害,要害其实是:

一到岁末,我们会骤然发现,我们的心灵较之年初,又粗糙了几分,疲惫了几分。

　　而这,当然不是我们的初衷,不是我们所喜所愿。

(1996年)

你写只是因为你喜欢

这是一个工厂林立,大楼高耸,立交桥盘旋蜿蜒,空中客车呼啸而过的时代;是信息爆炸,人口膨胀,股海沉浮,卡拉OK飞扬的时代;是蹦迪、桑拿、保龄球、夜总会此起彼伏、争相吐艳的时代,总之,这个时代是如此车水马龙,跌宕起伏,五光十色,纸醉金迷。这个时代既丰富多彩又嘈杂喧嚣,既生龙活虎又生吞活剥。这个时代的人们神经日益紧张也日益皮实,心灵日益简单也日益坚韧,欲望日益高涨又日益单一。名车、豪宅、高尔夫,成了我们这个时代的风尚,也成了我们这个时代的骄傲。

在这样一个欲望与资本一起膨胀,心灵同信息一块旋转的年代,文学显然成了一道不合时宜的风景。它是个别、安静、幽深的生命话语(与利润无关),是深沉、复杂、汹涌的思想河床(与物质无涉),在渴望喧嚣、迷恋眩晕的时尚里,安静的思考,孤独的写作不是可笑便是奢侈——阅读即使不曾绝迹,皮毛表象、肤浅潦草也如病毒一样顽固而密集地悬浮在阅读空间,随时准备扼杀所有"自命不凡"的异族——深邃厚实的作品既无法适应大众浮光掠影的搜索,显然也难以给人们飘忽流动的胃以滋养。

所以,写作日益个人起来。

你写只是因为你喜欢。

你喜欢记录你的思想,表达你的感受;你喜欢捕捉内心的颤动,烛照生活的幽微;你喜欢扩展想像,映照现存,打破局限,建造天梯……

甚至,你喜欢用语言扯出语言,用感觉扯出感觉,用思想扯出思想——当你像扯气球似的将隐蔽潜藏着的它们一一扯出来,并编织整合,打磨锻造,创造出一个既深刻又鲜活,既富于才情又焕然一新的作品时,你的功课已经完成——艺术地发现、完满地表达本身已使你尽享快乐……

其余的一切,原来可以无关宏旨,也已经无关宏旨了。

这就是此时此地的写作。这就是在渴望喧嚣、迷恋眩晕的年代里的写作。它几乎是既无奈又坚定,既苍凉又荣耀的。只要是有人的地方,只要人类还有思索和交流的愿望,我想它们不会绝迹。

(1997年)

真想替张爱玲说几句话

近来很替张爱玲悲哀。因为张爱玲孤独地老死异乡,没有鲜花祭奠,没有后人承祠,她的已经故去又没有后人这一事实使人大有空子可钻。她的小说又曾经写得很好,她的无数读者自名张迷,这不俗的业绩使得有心人又眼热又不甘。于是冤屈降临到张爱玲头上。她被人当做摹本,被人当做梯子,最后,还被人当做了靶子。钦羡她旖旎风格的人摹仿她,写出了比张爱玲还张爱玲的小说。她们踩着张爱玲的肩膀登高,当她们自认已经抵达的时候(她们不懂效颦的东施再风姿绰约也只是效颦的东施),她们狠狠蹬掉了梯子,她们对被她们踩得肩膀生疼的张爱玲说:去死吧,现在你算什么呢!张爱玲早已经凄凉地死去了,所以现在她被勒令再次死去激不起什么涟漪。没有人心疼她了。活着的人总是比死去的人有力量。只是,现在活着的人总有一天也会死去,在她们身后,如果也有人这么效仿她们呢?

我不是地道的张迷,所以我没有痛彻肺腑地心疼张爱玲。我只是深深深深地替张爱玲悲哀。她不但被摹写,被踩踏,被瞄准,她的小说还随便被人改编着玩,随便被(像被强奸似的)加上他人的标记,而且——大摇大摆,堂而皇之。谁叫张爱玲没有后人呢,没有后人的张爱玲没人替她打官司,没有后人的张爱玲只好任人踩踏,任人篡改了。

　　我深深地替张爱玲悲哀,所以写下这几句话。我想再次强调,效颦的东施再风姿绰约也只是效颦的东施。张爱玲,是不可能被替换掉的。

(2003年)

有一种眼泪是从心里流出来的

我从来没有想过,眼泪是可以从不同的地方流出来的。

上午,心脏有些不适,就随便歪在床上翻一本书。

书里有一点悲戚的事,看着看着,眼泪就跑出来了。

晚上,孩子在一边做功课,我拿起另一本看了一大半的书,坐在孩子身边读。

一种很深切、很黏稠、很滞重的东西突然涌进了心里。它们在心里翻滚搅和、推搡挤迫。

心口骤然疼起来。有一种东西很艰涩很缓慢地从那里流出来。

这才知道,上午的眼泪是多么简易,多么不算什么,就像单位草草分给你而你并不十分想要的简易房。

一个仁爱、宽广的美丽灵魂的深切痛苦击中了我。

我想起有人这样说她:"为了保住诗人妻子的名分,她连儿子都舍出去了。"

曲解真的俯拾皆是。

只有后半句是真的。这种割舍使她痛彻肺腑。"离开了小木耳,对于我来说,生和死都将是悲惨的。""我只想一个人呆着,想念他,我的根本不可能离开我而又不可能被我关注的小木耳。"——天下所有的母亲都懂得她的痛苦,懂得她因这种痛苦而陷入的悲惨境地。

我不知道一个人要极端自我到什么程度,才会逼迫一个母亲和自己幼小的孩子分离,而这个母亲是他的妻子,这个孩子是他的儿子。

我真的不懂一个人要多么冷漠残忍,才会无视自己妻儿生离死别的巨大痛苦,心安理得地坚持放逐自己幼小的孩子?

如果说这是一种疯狂,那么这种疯狂也是不可原谅的。

"黑夜给了我黑色的眼睛,我却用它来寻找光明。"这种光明是否也是黑色的呢?

一个人,要是只知道为自己活着,"我的快乐","我的梦想","我的山谷","我的情欲","我的安宁","我的炽热","我的死","我死后的景象",除了这个到处写着的"我",再不知道别的人,别的心,别的状态,别的痛苦,不懂得哪怕是一点点呢,也替别人着想一回,这样的存在,有什么意思呢?

毁灭就成了必然的逻辑了。

可是连毁灭也罩上了这个硕大的冷漠的"我"。这个"我"字使他憎恨曾经母亲般宽广地爱他的美丽灵魂。只因这个灵魂终于决定反抗一下她的尴尬处境。他,便举起斧头毁灭了她。

这份残暴更是不可原谅的。

那个被母亲千呼万唤、牵肠挂肚的小木耳是要使天下所有母亲落泪的。他那么小,那么隐忍,那么乖巧,那么苦苦地想念山对面的家,想念住在那里的伤心的妈妈,他现在是连编个"腿疼"的谎话,吸引妈妈来看他的机会都没有了。

当他被父亲放逐,寄养在异族人家里,以他那三岁的小小心灵一再对自己说:"所有人都爱我","胖(指其父)喜欢我"时,做母亲的听了心疼,做父亲的呢?不能有一点点惭愧吗?

"我在小木耳的事情上是有点失控的,难能理智,总有生离死别的阴影笼罩着我,不能冷静自持,好像守着一只空巢等待羽毛未丰的雏鸟还能回来,伤心而绝望。"这位母亲即使伤心欲绝的时候,也仍然在检讨自己,让你听了不由要心酸,不由要忍不住朝她喊:人是不能太好的啊,至少不能太盲目的好!

许多人不理解这位忧伤的母亲,不知道她为什么真诚地善待英儿,不知道她为什么要忍受强加在她身上的生离死别。

我相信这是一个简单的秘密。这个秘密在于她那自始至终的善良、仁爱,还有那宽广的母性情感。

那个不愿意长大的诗人其实也是她的孩子,是她不能不背负的十字架。她了解他,呵护他,纵容他,看顾他,为了他,她不得不承受剧痛,割舍另一个孩子。

但是割舍的同时也积聚着力量,当痛苦达到顶点时,反抗诞生了。

这位美丽、忧伤、坚忍、充满才情的、母亲一般慈爱父亲一样辛苦的不凡女性终于做出了悲壮的选择。这选择堪称有力,石破天惊。

她有权利和她真正的孩子在一起。有权利过一种自己的生活。

可叹的是她没逃出她的命。她的命从她十几年前和那位童话诗人在列车上邂逅时,就一锤定音了。

于是她在我们面前倒下了,带着她的绝望,带着她对小木耳的无尽的爱与忧虑,带着她太好的心和太盲目的爱,悲惨地倒在血泊里。

而我们这些看客的心里,就无法遏止地流出了一股浓稠黏滞的血一样的东西。

同时,从此知道,眼泪是可以从不同的地方流出来的。

(1993年)

吃　梦

近来,我突然非常渴望做一个甜蜜美妙的梦。因为说来沮丧,虽然我是几乎没有一个晚上不做梦的,可是我的梦不是稀奇古怪莫名其妙,便是惊心动魄险象环生。遍寻这一二十年的印象,实在捡拾不出什么欣欣然、怡怡然的美丽梦境可以让我回味咀嚼、心花怒放的。

人生没有好梦是多么遗憾的事。真实如此丑陋卑微暗淡荒芜,美妙的梦绮丽的梦虽然虚妄虽然短暂却多少可以补偿我们的缺憾,安抚我们困顿的心,使我们多多少少领略些许善、爱、正义,享受一下阳光、海岸、鲜花、绿阴,心花怒放地做一回美丽安宁或绚丽繁华国度的子民。

奈何好梦总是不肯光临,而那种种荒诞不经、凹凸险恶的影像倒是频频在梦中交叉叠印。我不禁疑惑,是我生来就与好梦无缘,还是自古好梦难圆,好事多磨?

我当然愿意相信后者。后者虽然也难以预期,可遇而不可求,可它毕竟还是暗示着希望,蕴含着正果的。

终于有一天我做好梦了,确切地说是昨天,我终于做了一个美妙的梦。

仿佛是在乡间，坐在自己的木屋前。一边摘着野果子吃，一边把脚伸进潺潺的溪流中。溪水清澈见底。晶莹闪烁的细沙在阳光下微微滚动，有人在对面的山头亲切地喊我，我应了一声。那人不见了。白云推推搡搡集合到我的跟前来。"你要出门？"白云把我举了起来。我发现自己轻盈而自由。我从自家的木屋上空飘扬而过，从一个又一个山头上飘扬而过。我像飞鸟一样快乐而自由。接着，我看见了大海。我从容地降落。我在海边流连，像一个远离大海的山地子民……终于我想起自家的木屋、木屋对面的一个个山头了，我"喔"了一声，声音未落，我已降落在木屋前。麻雀欢叫着四散飞去。我感到自由而幸福。

　　梦醒后，我仍不肯从梦境中走出。我继续坐在木屋前，把脚伸进跳跃着细沙的溪水中。渐渐地我又进入梦境了。这次我看见一个和我一模一样的人，正经历着和我一模一样的梦。所不同的是她没有像我一样全心全意地沉浸其中，而是一边体味着梦中的自由、幸福，一边一片片地撕开梦境，急切而不失风度地送进嘴里。我大吃一惊：她这不是在吃梦吗？梦也是能吃的吗？

　　惊诧之余，我彻底醒来。回味刚才的梦境，不禁愕然。可是我很快就承认那个和我一模一样的人并不是傻瓜。说到底，我们谁不是吃梦为生的呢？如果幸福只是一种传说，如果善与爱只是一种希冀，那么梦却是实实在在的补品，它即使不是每日每时也是时断时续、源源不绝地给我们的生命以滋润、以补益的。

（1993年）

以袜结绳

女人到底是女人。虽然如今的女人已完全社会化,和在社会上行走争夺的男人无太大区别,然而女人的生物属性决定了她们毕竟是女人,至少从男人的角度看,女人多半不可理喻。

以袜结绳这样的念头就只有女人才冒得出来。三毛自杀,居然不找现成的吊索,偏偏劳神费力用丝袜一只只连接,然后颤悠悠地将自己挂在浴室洁白光滑的天花板下。当然,丝袜结成的绳子较之粗硬的吊索,要美丽一些,温存一些,较富于弹性并且带点罗曼蒂克。是三毛至死也不放弃对美与新异的偏爱?而一代才女张爱玲,则让她的住在高层公寓的女主人公,用丝袜结绳,吊篮下窗去买臭豆腐干。其中雅与俗、美与丑、新奇与平实的相互反衬,又是多么鲜明、强烈而富于情趣!

笔者有位女友,读书写作时不堪小孩烦扰,放子出屋又不甚放心,有一天竟然动念以丝袜结绳,一头绑住自己,一头绑住小孩,然后放小孩到户外活动。问她为什么不用家里的尼龙绳,答曰:丝袜柔软,不伤皮肉,否则于心不安。

女人有这许许多多不合情理不甚经济的古怪举动,所以令初出茅庐的男士感到神秘,感到不可思议。可是男人们在社会上、情场里行走久了,女人的怪异执迷,就成了他们的笑料谈资。他们不再视女人神秘神圣了,他们摇摇头,下结论说:"愚蠢!不可理喻!"

当然,他们不了解,有一种男人和女人一样"愚蠢"与"不可理喻"。而且,男人一旦和女人一样愚蠢与不可理喻,那么他必定卓有建树,必定被称作艺术家、发明家,或者别的什么家。

就像女人一旦如男人一样果敢坚决,胸有韬略,那她一定不是等闲之辈。至少,她必是叱咤一方的王熙凤。

(1993年)

有 些 词

常常愿意相信自己已经麻木迟钝,希望自己不会再轻易被触动、被迷惑、被伤害,不再去奢求那些虽然美丽却几乎不存在的东西,比如终生不渝的爱,比如长盛不衰的美,比如普遍的仁慈普遍的公正。

但是那天看一部平庸的电视剧,一个普通之至的词却突然跳出画面,跳出剧中人的口,像楔子一样牢牢楔入我的心,使我一连几天被它所搅扰,所牵引。

这个词是:一生一世。

电视剧里的女主角,用这个词倾诉什么我已记不清了,我记住的只是,她说到这个词的时候所表现出来的内心的强烈渴望。

是啊,一生一世。一生一世,我们想要的到底是什么?我们害怕的到底又是什么?我们厌倦什么珍惜什么?我们能够在这有限的一生一世、漫长的一生一世里,遵从我们内心的声音,并且坚定不移地朝它走去吗?

相信所有的人,在他生命的最初阶段,都是要求爱、渴望爱的。

没有一个婴儿会渴望仇恨,渴望在他人的厌恶与憎恨中,被虐待,被凌辱,被扼杀。

也没有哪一个少女,当她开始独自进入一己的人生轨道时,不憧憬一个爱惜她、也被她所珍爱的人。

可是,从什么时候开始,渴望爱的少女变成了王熙凤、赵姨娘、江青、慈禧?

除了那基于血缘关系的亲子之爱、舐犊之爱是牢固真实的外,我们人类,就不配享有广泛的爱、彼此的友善吗?

一生一世,那些经过争夺、掠取、倾轧甚至残杀得来的东西,真的能够使人类满足吗?

如果是,为什么我们对这一切感到深深的厌倦,并且涌出强烈的愤懑与抗议?

如果不是,为什么我们渐渐进入了这种状态,同时不得不承受这种有重大缺损的局面?

当代哲学曾经无数次地替人类设问:我是谁?我是谁固然重要,可是在一片喧嚣浮躁的间隙,问一声我到底要什么,不是更重要吗?

尤其当伴随人类繁衍至今的某些古老的词语像楔子一样进入我们心中的时候,尤其当某些古老的情感古老的渴望像风一样吹进我们心里的时候,静下来倾听一下我们内心真正的声音,或许正是当代人灵魂上的一帖清凉剂。

(1994年)

去冬思绪

空,虚无,这两样东西像幽幽泛着寒光的剑,总是高悬在我头顶,并且总是突然不由分说地垂落下来,拦腰斩断好不容易建立起来的对生命的体认,为创造的努力,使我的情绪瞬间一落千丈,委靡不振。

越来越喜欢发呆,越来越像一个沉思默想者。流连于内心,流连于空旷无依、莫可名状,生活常常在瞬间变得索然无味。

看见人类常常费很大的心机,用很大的代价,去赢得对异族的征服,对他人的凌辱,甚至倾尽全力去争夺蝇头小利,你总是悲哀难禁,苦笑不止。人为什么是这样的呢?

生活中的悖论是这样多,似是而非的道理是这样多,我的怀疑、不满、思索是这样多!我不停地思考某类问题,不停地确认,又不停地推翻;不停地推翻,又不得不建立。我常常觉得有限的脑壳有限的心再也装不下这么多纷纷扬扬、此起彼伏了,它一定已经快到极限,快要满出来、溢出来,快要爆裂了。是的,我再也受不了这样纷乱无序、花明柳暗了——让我平和下来,简单下来,屈服下来,让我不再疑惑也不再追问,不再推翻也不再确立吧,我愿一切只是听从。

为什么这样怯弱,这样害怕恶,害怕血,害怕误解,害怕敌意,害怕不洁,害怕嘈杂,害怕登高,害怕看见死亡,看见暴力,害怕飞短流长、是非曲直?

为什么如此害怕外面的一切,而宁愿蜷缩在家,孤独静寂?

当你遭遇恶的时候,为什么总是萌生告饶的渴望,而不是其他?

还记得那句苦涩的祷词吗?

——主啊,它太坏了,让它滚蛋吧。

可是现在祷词已经改作:

主啊,我受不了了,让我滚蛋吧。

还有那段希望写到小说里的台词:

"我已经疯了,你们不要伤害我了。但是为了我的孩子,请不要让我发疯!"

有时候竟突发奇想:

你孤独,不是因为你爱人们,而人们不了解;也不是因为你恨人们,人们排斥你;更不是因为你自恋、自傲、自视先知、自诩深沉,人们无法亲近你。你孤独是因为你不属于人这个族类,你是那个懒散、静默、不喜欢勾肩搭背,不懂得奔腾跳跃,不会聒噪鼓舌、厮打斗殴的树类的一员!

你们只会扎根、生长,只懂得沉思默想、自生自灭。

你的前生是树,你的未来是树,你现在,是树的变异?

从小就被书本浸淫、异化、造就的人,当然只在书本构筑的世界里才会欣然、怡然、如鱼得水。一旦他们走出书本,卑污、嘈杂、纷乱将令他们目瞪口呆,惊乍不已。

也许,对这些人的最好建议是:

如果你无法还原成本能的人,无法(或不想)恢复卑污无耻、厮咬斗殴的能力,那就缩回到语言世界去吧。读书,著书,评书,将是你生命的最好形式。

正直,善良,公道,良知,这些美好的字眼大都藏在书本里、文字中,你需要它们,你就到书页中去找吧,但是你不该指望它也存在别的地方,哪怕是它们的制作者身上。

真希望有一天这个曾经让你涕泪交加、失声哽咽的世界能让你会心一笑——即使无法开颜微笑、嘿嘿冷笑,至少也能干笑几声。你已受够了这个世界对你的强加,你希望终于有力量对它说:

不!

故事本身既非至关重要也并非无关紧要,因为故事可能平庸也可能"暗藏杀机",通过它,你可以抵达本质。而在文学艺术里,本质是需要形象(故事、意境、氛围、细节等等)来表达的。

平庸的感慨和直白的感慨一样毫无价值,有价值的是:

鲜活意象背后的尖锐本质。

仔细想想，人类的美，人性的价值其实不是由于德，而是由于力。创造力、想像力、概括力，这些人类所赋予、所擅长的东西是如此蓬勃壮硕，生生不息。它们不像人所自以为有（或希望有）的美德、善行那样单薄脆弱，不堪一击，它们是真实可靠、百折不挠的。它们以其巨大的能量，使这个世界五彩缤纷，日新月异。

而稀薄脆弱的美德、善行和它们比起来，显得那样苍白，那样弱不禁风。

"在某种意义上，向人要求公正，就像向狗要求素食。"这句话虽然刻薄，但它道出的不是虚妄，而是真实。只要你不执偏见，你就该承认它在某种意义上是对的。

它用一种刺耳的声音，道破了人类希望视而不见的真实。

（1996年）

人面兽心与蝇营狗苟

少年时囫囵读书,遇到人面兽心这个词,不能理解,便自作主张解释成猛禽凶兽借用人形人脸,以掩饰其凶猛怪异,如传说里的白蛇青蛇、狐仙狼妪等等。后来稍长,明白自作主张的解释距离原意相差十万八千里,却仍旧不肯相信,总觉这样形容人未免夸张未免刻薄。及至近年,阅历渐多,知人渐深,方才明白人性是多么诡谲复杂,人心是多么深不可测,人面兽心这个词,很多时候都是很贴切、很恰当,一点也不为过的。

于是就钦佩造词的古人,想他们必定是锐利睿智,富于形象思维的。而且深深地感谢他们,试想若没有这个锐利睿智富于形象的现成的词,我们抨击指说从秦皇坑儒到希特勒集中营到南京大屠杀到"文革"暴行等等人类滥杀无辜的史实时,我们何以一针见血地指斥概括那些杀人的"人"呢?

当然汉语词汇的丰富形象与富于概括力远不只此一端,还有不少词语都是能够极准确极彻底极形象地揭示人性的。

比如蝇营狗苟。蝇营狗苟与人面兽心一起,正好概括指称了丑恶人性的两极。一极是卑鄙委琐孜孜钻营,无尊严无人格无才能，一极是大奸大恶凶狠歹毒，有野心有韬略有力量。人类的阴暗，人性的负面，差不多让这两个词给说尽了。

固然人面兽心指的是心灵状态，是心灵的凶残冷酷，而蝇营狗苟指的是行为状态，是生存方式的丑陋卑微。然而无论指称内心还是指称外部行为，古人都拿禽兽来作比（大家知道还有一个词是"禽兽不如"），说明人类认为禽兽是最丑恶最凶残的，人能够当然也应该高于禽兽。

事实却很难让人接受。事实是很多时候人不如禽兽。比如禽兽绝少吞吃同类，绝少弑父弑兄，绝少诬蔑陷害，坑蒙拐骗，落井投石，墙倒众推。人比兽少了两条腿，多了几克脑容量，所以人比兽聪明、狡诈，懂得无所不用其极？

当然利己是人的天性，要求人只利人不利己纯粹是乌托邦幻想。可是我想人是应该能够做到不作恶、不掠夺、不伤害别人（至少不故意伤害）、不站在恶势力一边的，人还可以做到同情弱者，怜悯救助危难中的同类，做到有尊严，有人格，并且对人心怀善意。奈何（！）只要人是人，人的这些起码品德就必须仰赖神的提醒与督导，换句话说，一个不敬畏神明、缺乏宗教情感，同时教育水准低下的民族，你很难指望他最终战胜委琐卑微、蝇营狗苟。

（1993年）

某种渴望

有一种渴望一直在我心底潜伏、滋长,这种渴望我直到前几天才猛地发觉,捕捉住它,明白它原来是这样一种东西自然令我悲哀。然而我却出奇地冷静。我没有惊慌失措也没有暴跳如雷,我只是幽幽地看着它,默默地咀嚼它。

它常常不经意便蹿了出来。在天极冷的日子,在天大热的日子,在万籁俱寂时,在喧嚣热闹处,在过饥过饱、过悲过喜时,甚至在不饥不饱、不悲不喜时。什么起因都没有,什么道理都没有,它就是那么不经意便蹿了出来,令我嗒然垂首,退坐一隅,暗暗品味它、向往它。

那种渴望就颜色说是雪白的,就形体说是飘忽的,就气味说是清冽的,就温度就状态说是冰凉澄澈的。它像月光下的蛇,美得冷艳,美得令人战栗,美得近乎不真实。

而我私心里对它的怂恿、容纳,与其说是一种价值判断、哲学选择,毋宁说是一种近乎美学向往的东西。不,甚至也不是什么美学向往,它实在只是一份天性,一份天生的对于沉寂的渴望。

是的,那份静止、沉寂、孤独令我心向往之。冷然地躺在那里,无声、无息、无泪、无语、无骚动、无呻吟。也许冰凉,可冰凉里有一份深刻;也许孤单,可孤单里有一份冷傲。宁静笼罩着它,使它安然、神秘,使它超越生而俯视生。缤纷、喧嚣、躁动、不安在刹那间被推到另一个世界去了,疲惫的心灵从此不再疲惫,烦恼人生至此疼痛全无。

而且,那化解为无,重归于无,悄然还原为这鸿蒙荒凉的天地间的一粒子一微尘的过程,令我心惊也令我慨叹。此状态结束了,彼状态开始了。人消失了,物开始了。喧嚣、缤纷、骚动结束了,单一、死寂、安宁开始了。生命至此才算完成了它的全过程?

是的,谁也没有真正弄清楚它是否真只是结束,而没有开始;是否肉体死亡了,灵魂也真的随之灭绝;是否只要一灭绝,就永无复苏的可能。

而生的世界里的邪恶、无耻、残暴、不义、倾轧、吞噬、背叛、算计,到了死的世界里,是否也仍旧得心应手、畅通无阻?

高贵心灵在此间匮乏停泊地,到了彼界,是否也仍旧无依无傍、无着无落?

创造的激情,创造的美丽,到了彼界,是否真就是了无踪迹、烟消云灭?

我知道在我意识深处,对这些问题其实是不在意的,我在意的只是那种状态——安宁、孤寂、澄静、与上帝同在。

只有上帝知道,为了为人母、为人子,为了尽人的责任,为了某种信仰,我要多么频繁、多么艰难地同深心里的渴望搏斗。常常我觉得再也无力抵挡了,我只愿双手举起,平心静气迈进它的门槛。

我甚至设想过方式本身。我以为最优美的当推三毛的方式。但友人说,那种方式其实最丑陋。于是我想那便是水了,不腐的流水清澈而温柔,灵动而飘逸,润泽而美丽。但朋友又说,它能润泽能美丽的是活力,而对于丧失了活力的另一个世界的人,它是要极尽丑化夸张之能事的,而且,它将使你极端痛苦。

我听后嗒然。明白此事也是古难全了——轻松迅捷地结束和优美飘逸地离开并不是可以并举的。

我终于知道最迅捷、最安然的是海明威的方式。

奈何海明威的方式正是我脆弱的心最排斥最厌恶的。我不能设想在抵达彼界的刹那还要仰仗在此间最痛恨最嫌恶的行为。如是,那之后的洁白、澄静、安宁,我想也要荡然无存了。

没有了退路的我们,看来只好反身继续这时常使我们倦怠疲惫的一切了。

只是我知道,天性里血液里的东西是不会倏然消失的。在天极冷的日子,在天大热的日子,在万籁俱寂时,在喧嚣热闹处,在过饥过饱过悲过喜,甚至不饥不饱不悲不喜时,它还会常常不经意便蹿了出来。

但愿我始终有力量抵挡它。

(1990年)

也是叹息

朋友们常常以欣赏的口吻谈到女性气质,也常慷慨地将他们的欣赏赐给我。

可是每回听到这样的夸赞,我总是一阵惶惑,并且总是在心里轻轻叹息。

他们不知道我外表柔弱,内心却坚韧得近乎石头。很多时候,我是比男人还坚硬、还清醒、还不可思议的。

他们也不知道和许多女人一样,我也常常为生为女人而叹息。假如生命可以重新开始,假如性别可以自由选择,我大概会毫不犹豫地选择男性。

不愿意生为女人是因为女人天生就是理想主义者,而且必然是痛苦的理想主义者。现实冷峻严酷,荒芜嘈杂,女人偏偏视而不见,从小到大一门心思地用诗意、想像、激情包裹它,直到有一天假象轰然塌毁,目瞪口呆的女人从云端跌落,一夜之间成了痛苦的愤怒的然而已无可变更无可奈何的永恒失落者。

不愿意生为女人是因为说来可怜,女人总是比男人更渴望爱情。天地鸿蒙荒凉,神秘浩荡,孱弱的女人们本能地寻找高大宽厚的臂膀,寻求爱、理解、交融,以为两颗心的结合叠印能够驱逐宇宙间的阴冷死寂,给渺小脆弱的人生一线曙光。然而人世间的爱情忽生忽灭,虚虚实实,渴望爱情必然为爱情所愚弄,守候爱情必然为爱情所伤害。

不愿意生为女人是因为无论从生理还是心理构造来说,女人是天生的承受者。男人们拿得起放得下,可进可出,可行可止,可如火山喷发也可如冻土沉寂,而女人,真正的女人永远是容纳、承受、等待、执着的。男人一旦进入她们心里,她们的心房便留下那人的痕迹,想赶赶不走,想抹抹不掉,想撕撕不开。

在男人是轻而易举的事,在女人却比登天还难。男人们可以没有爱而"爱",甚至可以因憎恨而"爱",因鄙视而"爱",因报复而"爱",而女人,真正的女人永远无法不因爱而爱,永远无法和男人对等——潇洒、无耻,把憎恨、鄙视甚至报复掺和到性爱里面去。

男人们永远不懂,女人(当然仍指真正的女人)心里若没有爱情,那肌肤之亲立刻变成刑罚,变成不可忍受的耻辱。

不愿意生为女人还因为女人一生充满苦难。从少女时代便开始的周期性的紧张、疲惫、虚弱,成熟期无法躲避的分娩的巨创剧痛,为人母后养育儿女的艰辛劳累……甚至女人所易犯的狭隘、短浅、早衰、神经质,都成了炼狱里的柱石,牢牢支撑着永远只对女人开放的层层炼狱。

早在做女孩的时候,由于身体的一系列变化,我十分惊恐地发现,奔跑在篮球场上的我已不复轻盈、敏锐、迅捷了,当我跳起来投篮时,有种力量正执拗地将我往下拽。一夜之间,我变得迟钝、蠢笨、"尾大不掉"了。

而男孩的轻快、敏捷依然如故。他们的笑声依然如故。

甚至在智慧方面,一向在数学上遥遥领先的我,也渐渐被两个男孩赶上、拉平、甩下了。

所以,不愿意生为女人也因为内心包藏着对男性的钦羡。我羡慕他们的敏锐迅捷,羡慕他们的博大开阔,更羡慕他们背包一挎便可只身走南闯北,浪迹人间。

当然我的钦羡很有前提。我的钦羡只到优秀男性的优秀方面为止。假如要我拿痛苦的执着的、富于理想与激情同时遍历人生苦难的丰富的女性心灵去换取那种功利的委琐的、善于趋利避害、缺乏诗意缺乏激情、单调轻松的男性灵魂,我宁可仍旧做女人,并且祈祷下辈子仍旧生而为女人。

(1991年)

一封信，永不付邮

说永不付邮，是因为这封信是写给自己的。

昨天晚上一个旧时的朋友从外地打来电话。很久没有交谈，没有互相了解了，她惊异于我如今言谈间流露出来的独立、坚定。她说："你可曾经是个非常缠人的女孩呀！你真是大变了吗？"

放下听筒我顿时默然，我真是大变了？那个甩着乌黑的短发，在篮球场上来回奔跑的生机勃勃的女孩哪去了？那个老爱用清澈的眼睛凝视世界，并且总是慷慨地给这个世界披一袭盛装的女孩哪去了？那个从心里依恋人、爱人，愿意为之生为之死的热情姑娘哪去了？那个信赖人、对人满怀善意与温馨的女子哪去了？

不，也没有全消失。青春消失了，单纯消失了，热情消失了，对人的无条件信赖消失了，但是感谢上帝，善良还在，仁爱还在。

理想还在。

只是甜蜜的理想主义者变成了痛苦的理想主义者。

增加的是对人性的洞察，对人类、人生广泛而深切的悲悯。

以及由此而来的独立和坚忍。

只有少数几位女友知道我外表柔弱，内心相当坚硬。

看见血我仍会双膝发软，并且从心里痛恨嗜血成性的人，但我不会瑟瑟发抖了，我知道我应该做什么。

假如命运之神捉弄我，让我不幸误入歧途，再次蒙受爱情的伤害，我会立刻抽身而出，告诉那个拙劣灵魂：戏演完了，请君走开。

当然，根本不会有这一幕。如今，这个世界上最不能诱惑我的就是"爱情"了。

有多少男人懂得爱，懂得两心相印、终生不渝，懂得人类的情感、人类的尊严是比功名利禄更重要、更可贵的？

从前的人视名誉、责任、尊严胜过生命，现在呢？现在蝇头小利便是生命。

假如在生长期遭逢大饥荒，求学期遭逢十年内乱、上山下乡的我辈磨难未已，还要遭遇地震、战争、瘟疫，假如这代人苦难不绝，劫数未尽，我虽不甘，却已能坦然面对：

我会在地震棚里，一边照顾入睡的孩子，一边书写或阅读；

我会在炮火纷飞的间隙为伤员包扎，为死难者祷告；

我会为病入膏肓者输血输液，为嗷嗷待哺的孩子充当母亲。

当然我也会流泪，只是眼泪不再是滂沱的暴雨了，它只是瞬间的小溪，而瞬间之后将是永恒的宁静。

即使这个世界已到处污泥浊水,没有仁慈,没有怜悯,没有关爱,没有良知,有的只是你争我抢,你杀我斗,残忍暴虐,蝇营狗苟;即使暴雨日日滂沱,太阳不再升起,星辰陨落,大地倾斜,我知道我也会关起门来,把这一切隔绝在外,保持一份精神上的独立。

你无力战胜它们,但你足以抵御它们。

就纯粹一己的生命而言,对我来说,生活中有书有笔就足够了。

读一本好书,和人类的精英对话,听他们道你所欲道,想你所未想,攀登你所不能抵达的峰巅,是多么美妙的事。

而写作,同样令我迷醉。它是观察的记录,思索的记录,心灵的记录。没有什么比它更适合我,更能让我感觉发掘的喜悦、创造的喜悦,也就是生命的喜悦了。

如果生命中存在幸福的话,那这幸福只会存在于心灵里、精神上。

肉体的欢乐转瞬即逝,肉体的堂皇形同虚设。

惟心灵常青,精神永存。

如果说我对这个世界有什么要求的话,那就是,永远不要把我的书桌拿走,永远不要折断我的笔。让阳光涌进书房,让常青藤爬满对面的墙,让书架上屹立起一个又一个不朽的巨人。

(1992年)

诗人的悲剧

人和人真是很不相同。有的人忠厚信实,有的人促狭尖酸;有的人周正严谨,有的人落拓不羁;有的人精明世故,有的人浑浑噩噩;有的人低眉顺眼,有的人昂首天外……不同的性格成就了不同的命运、不同的人生,也使人类社会这个共同的舞台喧嚣跌宕、五光十色。

郁达夫和王映霞的爱情尽人皆知,他们的悲剧也在十二年的波澜迭起的共同生活之后公开落下帷幕。时至今日,仍然有不少郁达夫的研究者和文学爱好者关心这段公案。

近来翻杂书,看到了新出版的《王映霞自传》。从王映霞的自述中,我看到了截然不同的两种性格、两种气质。

从最初的热恋开始,郁达夫就显示了他作为一个诗人、才子、艺术家的落拓不羁、颠倒癫狂。他被王映霞的美所击中,立刻不顾一切、无法抑制地燃烧起来。他的真诚、热烈和激情使他周围正常的人感到炫目,也感到了某种危险。为了阻止这种危险,保护正在正常生长的王映霞,他们一起采取了防范措施,甚至以恶作剧来提醒警示郁达夫。不料都以无效告终。郁达夫的感情在王映霞的不知所措、不置可否中更加如火如荼地发展起来。

王映霞不是诗人,她是一个正常务实的年轻女子,当她终于被郁达夫的激情所俘获的时候,她向往的是一种温馨、圆满、周正的生活。她没有意识到当她允诺郁达夫的时候,就意味着她将承受某种颠倒、某种出轨和无常。

悲剧渐渐显露出来。

小家碧玉的王映霞,周正严谨的王映霞对郁达夫那不知节制的嗜酒嗜书以及溶在血液中的阴郁沮丧、悲喜无常日渐不满,她同样也无法理解无法宽容郁达夫的自相矛盾、自我虐待以及隐隐约约的暴露倾向,当郁达夫不听劝告屡次酣饮宿醉并且周期性地离家出走后,王映霞的忍耐也达到了极限。

我常想,假如王映霞是个旧式妇人,像达夫先生的元配孙荃女士一样,三从四德之类的信念倒也可以帮助她容忍这一切。可是王映霞是个受过新式教育的女子,她既敏感又骄傲,既有个性又有主见,她要求于郁达夫的,是对于妻子的正常的呵护和周到的爱,以及饮食有节、起居有序的家居生活。

婚后的王映霞,除非她也是个诗人,是具有诗人气质的不同寻常的女子,或者是个能够包容、宽容无羁诗人的母亲式的女人——只有这样,她和郁达夫之间,才有可能不生龃龉,善始善终。

当然生活呈现给我们的常常是另一端。

纯粹的诗人、才子、艺术家在某种意义上是生活在梦幻世界里的。那个世界没有权威,没有规则,没有等级,没有利润,也没有心机与世故。那个世界也许有破败和残废、苦难和忧伤,但那个世界是坦荡率真、可以以身相许的。

但是诗人的悲哀在于,当他们的思想、灵魂在那个世界出入的时候,他们的身躯却在这个世界走动。他们的异常、他们的无羁、他们的率真在这个充满礼仪和心机、需要金钱和等级的世界,不是成为笑料,便将成为祭品。

徐志摩和陆小曼的悲剧同样证实了这一点。

(1997年)

人性——永恒的面孔？

曾经那么相信人类的理性、良知，相信人类的进步、进化，相信人性本善，后天的修养学识更可以巩固人的善良天性，弘扬人的正义伟岸，可是，古往今来，悲哀而且惨痛的事实却有那么多，多得让你目瞪口呆，欲哭无泪，方才相信所谓共生共荣，所谓博爱大同是多么美丽的人类理想，又多么不幸将仅仅是，也永远是人类的美丽理想。

我非常惭愧我曾经那么浅薄无知。因为浅薄无知，我对无处不在的卑鄙委琐、蝇营狗苟曾经视而不见，无知无觉。而无知无觉一旦日复一日，累积叠加，终于有一天如梦初醒。如梦初醒之后自然目瞪口呆茫然无措，不知道既然人性如此丑陋，人心如此诡谲，不幸生而为人又不能不与人为伍的我们，该如何做人并如何与人相处？我们既不能以善良去受邪恶愚弄，我们更不能也不甘与卑鄙合污。尴尬的我们，两难的我们，该如何立足于这个诡谲莫测、冷峭纷纭的世界？

更加应该惭愧的是，类似的问题只有怯弱的我辈才会常常萦绕不去，思之心痛。大奸大恶的人、浑身斗志的人、城府深深的人、凶残怨毒的人，是听到这样的问题就会哑然失笑的。他们心痛的事情也有、也多，但绝不会是这样浅显浅薄，这样无事生非的。

有一句话是我极力躲避，却又常常冷不丁冒出来，一冒出来又常常要使我惊惧迷茫的，这句话是：

人为什么这样坏？

当你置身于仇恨、嫉妒、卑鄙、残忍的同类当中的时候，相信你常常有仰天长啸的渴望，你常常渴望高声质问：

人为什么这样坏？

可是，没有人能够回答你这个问题。

能够回答你的只有事实。事实如此充塞着古往今来的阴谋、屠刀、血泪、头颅，如此既提携了一批旷世奸雄，又蓄养了成群的蝇狗之徒，同时不忘抚育出千百万无辜百姓以为土壤，以为肉砧，以为陪葬，并且可悲然而真实的是：以为后续。

时代变迁，地球变迁，生活变幻，不变的是人心、人性、人类的欲望。蛮荒时代人类争夺兽肉皮毛，争夺低贱的女人与酋长的威严；文明时代人类争夺金银财宝，争夺明星名模和总统的宝座。集中营里人用煤气窒息同类，万人坑中人用黄土活埋同类，十年浩劫人用木牌高帽破鞋牛棚羞辱同类摧残同类，人类哪一天停止过厮杀打斗？哪一天充盈弥漫着理性、良知、友善、关爱？

我们的理性、良知大都写在纸上，我们的善良、友爱大都留在梦里。因为有了纸上写的、梦里演的，我们便可以满足，便可以陶醉，便可以歌舞升平笑口常开？可是当我们回到现实，回到暗淡卑微、丑陋荒芜的现实中时，我们当如何自处？我们又如何能够满足陶醉笑口常开？

一段偶然听来的对话令我心惊胆战，沉思不已。对话的双方是柜台后面的女售货员：

甲：你说是人坏还是野兽坏？——我看人比野兽坏得多！

乙：那是。野兽有心机吗？野兽能使枪吗？野兽吃完人还说吃得对吃得好吗？——还是人坏呀！

甲：你看昨天,说发疯就发疯,无缘无故杀了几十个人。那些人跟他什么相干啊？

乙：不要说杀人了,就是人恨起人来,嫉妒起人来,不也能把人吃啰？——人呀,最毒最深最难预料的还是人的心呀。

(1994年)

荒谬及其他

荒　谬

我们楼道里新近装了感应式节能灯，本意是既能照明又能节能，以改变以往要么长明不熄，要么一路漆黑的状况。但不知是这种新产品质量不过关，还是误购假冒伪劣产品，新灯装上后，居然与其初衷截然相反，不是人来即亮而是人来即灭，人一走过则大放光明。

弄得大家哭笑不得。

不过算起来，这份哭笑不得是最微不足道的。当年那种"宁要社会主义的草，不要资本主义的苗"的思维方式，不仅让一切有良知的人士哭笑不得，而且让十亿中国人民饱受其害，尝尽贫穷落后的滋味。那份荒谬，远不是"哭笑不得"四个字所能传达的。

近来看见某些狭隘卑劣、无聊无行之徒，反而最善于给自己贴标签。满嘴的高尚善良，满目的温柔正直，不禁失笑。想咱们这块土地历来盛产虚伪，当年江青口口声声工人阶级利益，其实不过心心念念那顶女皇皇冠而已。

到我家来做小时工的保姆也曾让我很愕然了一下。有一次她很不平地跟我说,她最讨厌擦玻璃了,而另一家也雇她做小时工的人家居然让她擦玻璃!

也是那一天,她不无得意地跟我说,她每天早晨给一家人家做家务,一个小时两元钱,可是什么都不用做,稍微归置一下房间而已。

言下之意是在我家拿每小时两元五的工资委屈了,因为我家里有事等她做。

我赶紧给她涨到每小时三元钱,她才不再说这种话。

当时,我的一个亲戚来京办事,住在我家,正好听见这些话,不禁摇头:

"这叫什么事?一个保姆,怕擦玻璃,怕干活,真是荒唐!"

事实上,荒唐的不仅仅是这些无户口无职业的小女孩,好久以来,首长怕司机、病人怕护士、顾客怕售货员的事,还少吗?

这两年冬天,我给孩子买过两次棉鞋,每次不幸都买到假冒伪劣产品,没穿几天全开帮了。去找商场换,商场一边承认是伪劣产品,一边却以一天一元的标准扣磨损费。我不愿费口舌,只好让他们扣。出了大门,正要感慨,六岁的孩子却抢先"发言":

"真荒谬!"

"你说什么?"

"真荒谬!刚才的事真荒谬!"

我又一次愕然。刚才的事是荒谬,可是六岁的孩子,一年级刚上几天的孩子就懂得"荒谬"这个词了,这件事本身不是更荒谬吗?

如果夸西莫多是个女人

很早就知道美是具有迷惑性、欺骗性的。一张美丽的面孔，一个迷人的微笑，甚至一次天真的提问，一个窈窕的背影，都是有可能魅惑人、引诱人误入歧途的。如果这份美丽后面藏着野心，藏着邪祟，或者藏着投机取巧、蝇营狗苟的话，比如早年的"蓝苹"女士。

近来才知道不仅仅美，丑也同样具有迷惑性、欺骗性。所不同的是丑无法如美一样直接依靠自身行骗，它必须借助于接受对象的善良或曰因善良导致的愚蠢。这一点，显然无形中契合了接受美学。

因为在这一份强烈的丑面前，善良人会顿生怜悯，顿生不平之心。以为上苍实在不公平，同样造人，为什么要让一些人生来就为外观痛苦？

不平之心引出的自然是拔刀相助的豪气以及其后的宽宥、体谅、信任等等。因为在许多因善良而显得愚钝的人眼里，丑是直接、率真、不加掩饰的，所以，丑的外表下的那颗心，自然也被愚钝的人视为直接、率真、没有伪饰的了。

这当然是一个错误。这个错误追溯起来，恐怕与雨果的《巴黎圣母院》有关。《巴黎圣母院》里的敲钟人夸西莫多，把丑的外表下的那份善良、美丽体现得多么集中强烈、淋漓尽致！

夸西莫多的心当然是美的。夸西莫多对艾丝米拉达的爱与救助，当然也是真实的。

问题是，如果夸西莫多是个女人呢？

如果夸西莫多是个女人,那么她对同为女性却与她分处两极的艾丝米拉达会是一种什么态度呢?

如果夸西莫多不仅仅是个丑陋的女人,她同时还是野心大于才能、利欲熏心、刁蛮怨毒的女人,那个美丽善良但也头脑简单的艾丝米拉达撞到她的枪口上,会是什么下场呢?

简直有些不寒而栗。

我们只能庆幸夸西莫多是个男人,而那个美丽的艾丝米拉达是个女人。

或者我们只能祈求天真简单的艾丝米拉达不要碰上同为女人的、复杂得多也阴鸷得多的夸西莫多。

(1994年)

人对于人只是一种表面

无意中读到这句话时,我真是相当吃惊。多少年了,鲜有人这样直截了当,坦白彻底。人类生活一变成文字记载到纸上,就披上了光环,蒙上了面纱。我们从小到大被告知的,是人的伟岸、智慧、良知,以及互相之间的友爱友善、理解相知。当人和人互相猜忌,互相仇恨,互相厮杀时,我们被告知这是暂时的、局部的、支流的,人类总是能够肝胆相照、携手并进、同舟共济的。没有什么比得上人类的理性和良知。

的确,你不能说这些话是错的,至少它所表达的愿望是善良美好、仁至义尽的,所以我们当然应该裁定它的正确性。何况,如果你怀疑人类的美好品质,你等于是当众宣布你是阴郁的、委琐的,你看不见人类的光明前程。

但是当我们把愿望看成行动,把梦想当做真实时,我们实际上已被引入歧途。我想所有对现状的怀疑、不满,对人性的质疑、探寻都源于此。我们被告知人是伟岸友善的,现实是理智公正的,可是我们遭遇的往往是人的委琐和争斗、现实的荒谬与不平——这其中的反差是这样大,大得让你惊惧,让你痛苦,让你无所适从,惶惑不安。

文学、美术、音乐就是在这种情况下诞生的。它们渐渐成了我们生活中不可或缺的一部分。它们表达我们的怀疑、痛苦、焦虑,同时也升华我们的怀疑、痛苦、焦虑。它们在抒写人类悲剧的同时,也不厌其详地一次次描绘了人类的梦想。

而人类的梦想在文学艺术那里,往往又以现实或拟现实的形式出现。

这就是为什么"人对于人只是一种表面"这样简单的事实,却很少被简单明了地表达出来。人们日复一日地把梦想当做现实,把愿望当做行动,同时又对真正的现实感到痛苦,感到疑惧不安。

有时候我想,如果人类坦白一些,勇敢一些,能够正视自己的局限,如果我们一开始就明了人和人类生活的本相,那么当我们进入社会,开始我们的独立生存时,当我们遭遇恶意,陷入困顿和险境时,我们的疑惑就会少一些,我们的痛苦也会少一些,我们至少不会无所适从,惊惧不安。

因为我们已有足够的思想准备。

但是直到第二次世界大战结束,现代主义艺术蓬勃兴起以来,人类才算开始了对自己的真实凝视。人发现自己的局限,发现自己的罪恶,也发现了人类生活的荒谬无序、动荡不安,人——通过他们的思想家、文学家、艺术家——重新认识、裁定了人自身。

当然,并不是全体人类都有同步认识的。坐井观天、视而不见、指鹿为马等等仍然随处可见。

不仅仅因为封闭和倨傲,还因为善良和柔弱。当人们不由自主地视而不见,当社会倡导某种程度的视而不见时,你不能说他们完全出于卑劣目的。

可以肯定的是,这时,视而不见就成了一种时尚,成了高贵和气度。

而那些执拗的、始终警觉地睁着一只眼睛的、不肯通融也不懂得通融的哲学家、文学家、艺术家,自然就显得可疑起来。

(1997年)

交友之道

　　我这个人很没出息。明明催人清醒、教人透彻的当代哲学、当代文学读了一箩筐，也渐渐地对人心的狭窄、人性的复杂有所了解，甚至曾经交友不慎，"引狼入室"，并为此吃足苦头，却仍然不能够明智，不能够强大到不奢望友情，不依恋友情，就像明知现实冷峻严酷，却仍不由得要做梦，不由得要向往理想完满的生活一样。有时候我想，这种对温情的渴望在我大概是一种痼疾，冷峻的事实有时能够将它治愈，有时却又成为它的诱因。

　　舒婷曾经说她喜欢的朋友有两类：一类温厚善良，一类潇洒靓丽。她把我归入前一类，因此她始终待我友善，常常"齿下留情"（她的伶牙俐齿、妙语连珠久负盛名、人所共知，其实她是嘴巴厉害，心里宽厚）。我呢，回想起来，我喜欢的朋友好像只有一种，那就是有才能有思想，同时为人坦荡、大度大气的。

　　的确，无论男女，我都不喜欢那种弯弯绕、尖尖细、浑身上下都是心眼的人。我相信这样的人必定聪明，必定有才能，但我对他们的欣赏只到此为止，我绝不敢和他们做朋友。倒不是怕被他们算计了去,俗话所谓被人卖了还帮人数钱。不是的,我的心存畏惧不是怕吃亏,而是怕受累。因为和这种人在一起,实在太累了。不要说一不留神,即使处处留神,万事小心,你也不定在哪里就惹恼了他——你这里还浑然不觉、热情满怀呢,人家已经在那里咬牙切齿,恨不得一弹指就看见你化作一股轻烟,从这个地球消失了。

我当然更害怕那种精力旺盛、欲求充沛却又有较大欠缺的人。那种欠缺可能是生理方面的,也可能是才能方面的。我想有欠缺倒不可怕,也不可怜,因为其实人人都有欠缺,即使一国之君也有欠缺——缺少寻常人情、普通人生。可是有欠缺又偏偏在有所欠缺的范围里愿望极多,欲求极强,那就不仅仅使自己痛苦了,他同时也使周围的人痛苦。

这时候你去做他的朋友,你不是自投罗网吗?

所以,我现在懂得避开这种人了。这种有病态激情的人你可以远远地寄予同情,给予帮助,但你绝不可走近,否则,可真是玩火自焚了。不仅玩火自焚,甚至灰烬将散未散之际,还会扯出一堆不是来。

因此我常常庆幸世上还有一种人。这种人心胸坦荡,待人宽厚。这种人有智慧有才能但从不"文人相轻"。这种人是长辈你尽可拜他为师,是同龄你尽可待他如友,是后生你尽可视他如弟,是同性当然更好——你尽可同她叽叽喳喳、唠唠叨叨,享受女人饶舌的乐趣。

在北京的同性作家中,有两位常常让我心仪。一位坦荡无促狭之心,一位大度有宽厚之德。在我心绪不佳的时候,我常常一再克制(因怕打断朋友的工作),末了总还是会忍不住拨通她们的电话。至于远在故乡的老朋友舒婷呢,我自然乐意和她一起出门。因为和她在一起时,我既可欣赏她的幽默机智,又能享受她的遮挡庇护,不才如我者,何乐而不为?

(1994年)

愚钝的女人

回想起来,我这个人真的有点傻。(看见这句话,先生摇摇头,说:哪里是有点傻,是傻得可以!)有些现象,有些心理,本来是明显的事,我却偏偏浑然不觉。不但浑然不觉,而且自作多情,一厢情愿地把事情往好里演绎,整个一个"以君子之心度小人之腹也"!(恕我自夸)

当然就常常上当吃苦。上点当吃点苦倒不要紧,要命的是上了当吃了苦仍旧浑然不觉,仍旧一如既往地"自作多情",俗话所谓"不撞南墙不回头",说的大概就是我们这些并非弱智却常常显得弱智的一批人了。

二十几年前我就犯过这种错误。那时我正上高中,有两个要好的女同学。我们三人同进同出,形影不离,大家都认为我们亲如一人再好不过。可是事实上老有一个人嘀嘀咕咕,不时生出些是非来。我和另一个女同学不明原委(她也是一个厚道、大度的人),反而相信这位同学是受人挑拨、遭人冤枉,异口同声地为她辩护,对她更加信任,更加亲密有加了。

直到最近才知道她其实一直很嫉妒,因为我们学习成绩比她好,家境比她好。甚至,我们的性情也让她嫉妒,因为我们两个人都有些憨,都是心无芥蒂、与人无争的。

(写到这里我不由得要怜悯她。她其实并不比别人差多少的,但由于缺乏自信,也由于过于自我,她半生都为那种狭隘的心理所苦。嫉妒这种病使她的生活始终沉重而紧张。)

没有想到的是十几年后、二十几年后我仍旧毫无长进,仍旧遭人嫉恨、遭人算计而浑然不觉。

记得那几年在朝阳区住的时候,楼上有位邻居,是同性,我和她无冤无仇,无牵无扯,至今彼此都不知道对方的名字,更不必提职业、单位、家境等等情况了。我们只是因为常常在楼道里碰见,时间长了就礼貌地点点头,打个招呼而已。

打过招呼麻烦就来了。因为打过招呼就等于相识了,相识了就有资格相比,你长我短是不允许的,你短我长才使人称心快意。

当然,这是我最近经友人点拨才明白过来的。可叹我当了三十几年女同胞,竟然不懂得有些同性是如此狭隘、如此小肚鸡肠的。

于是我就常常莫名其妙地看那位邻居气鼓鼓的脸。常常是院子里、楼道上碰见了,热情有礼地朝她点头,她却把脸肿得老大,"哼"的一声别过脸去。或者索性当做没看见,挺胸抬头擦身而去。

刚开始我十分纳闷,不知道出了什么错,就使劲反省自己是否做了对不起邻居的事,比如吵闹啊,比如夜深了仍弄出声响啊等等。

先生就笑话我。因为那时我们还没有孩子可以吵闹,也不习惯高声吵架斗殴。至于夜深弄出声响影响到她,则更加

写作的女人

不可能,因为是她住我们楼上,而不是我们住她楼上。

后来发现这位芳邻给我摆脸是有规律的。每次我穿得好一些的时候,或者我穿得并不好,但因睡足了显得精神抖擞的时候,以及我和先生同进同出、有说有笑的时候,她必定气鼓鼓的,仿佛我欠了她十吊钱。

于是我跟先生开玩笑,说她爱上他了,所以痛恨我。

先生却说:

"每次我碰见她,她也同样气鼓鼓地摆一张脸——你呀,你这个傻瓜,我看她是嫉妒你!"

"嫉妒我干吗?"

"嫉妒你比她年轻、比她漂亮吧。"

"毫无道理!"

我根本就不相信先生的话,因为我无论如何不理解一个人会这样无缘无故地恨一个人,而这个人跟她毫不相干!

好久以后另一位邻居证实了先生的推论,因为她听见那位爱对我摆脸的芳邻常常酸溜溜地攻击我的服装,攻击我的身材,甚至攻击我的脸。而我,在和她同住一楼的那两年里,竟然常常因她而不安,常常不住地反省自己是否做错了什么事!

(的确是傻得可以!)

先生是太明白我这种愚蠢了,所以他常常跟我开玩笑:

"你这个人哪,要是在战争年代,肯定常常认敌为友!"

"此话怎讲?"

"你看不出谁是敌人,谁是对手呀,你以为人人是朋友!"

我一时语塞。想想也是,我确实常常看不透笑脸背后藏着什么。不但笑脸,气鼓鼓的脸摆在我面前了,我还不明白为什么。

不但看不透,常常连感觉都感觉不到。

不过我也另有理论。

我对先生说:

"憨人有憨福。我虽然傻,虽然有时会吃亏上当,但上帝很公平,他看我傻,就格外地看顾我,不让我吃大苦头,而且让我心平气和——还是外婆说得好,有度量则有福。太尖太细的人,那份尖细本身就害了自己,你想整天气呼呼的,见谁强都难受,见谁强都恨不得咬谁一口,那种日子,不是太可怕了吗?"

(1994年)

随想二题

爱恨天生

曾经被人所妒恨、所缠绕,方才知道被追着赶着误入一种对抗的状态是多么痛苦的事,被人逼着强加着生气是多么可怕的事。为什么有一种人那么喜爱咄咄逼人、磨刀霍霍,以憎恨为乐,以斗争为快,以撕咬人、啃啮人为幸呢?

而有些人是为爱而生、为善而生的,比如托尔斯泰、泰戈尔,比如冰心、巴金,比如印度的特丽莎嬷嬷。真正的宗教界人士是天生的。他们的善与爱,他们的淡泊平和,他们的气度与力量,几乎是与生俱来、浑然天成。

在他们那里,善与爱是本能,是适心怡性的乐事,是发自衷肠的使命。只有在善与爱的状态中,他们才是他们自己,他们才可能愉悦和安然。

当然也有因爱生恨的。恨是形式,爱是内核。恨是手段,爱是目的。恨是过渡,爱是终极。比如鲁迅先生,他对民族、民众的爱,使他的文章时常发出匕首般的光芒。

为何写作

重提这个话题是因为近来感触良多。

为内心所压迫、所驱使而写作的人与为外部利益所诱惑、所吸引而提笔的人实在太不相同了。他们可能一样有才能,或者可能一样没才能,或者前者有才后者无才,或是前者无才后者有才,总之他们的才能可能相当也可能绝不相当,但他们的做派是必定截然相反的。

为心灵所驱使的人,执笔是为了表达,为了探寻,为了超越现实。他们在下意识里有时甚至毫无目的,提笔仅仅是服从内心的冲动、本能的意志而已。

为利益所吸引的人,提笔是为了争夺,为了掠取,为了加强现存的能力,改变目前的境遇。他们的世俗目的十分明确,因此他们的行为方式也既坚定又明确。

这就可以解释为什么古今中外、历朝历代都有御用文人,都有放弃良知、德行、艺术准则去媚权媚俗、摇尾乞怜的"诗人"、"艺术家"。

也可以明白,同为"文化人",为什么有的人热衷于东奔西走,喋喋不休,吹吹打打,投机钻营;有的人却无动于衷,躲进小楼,读书著述,自说自话。

动机不同,行为自然绝不相同。

只有一点是有规律可循的,那就是:那些以投机钻营为安身立命之本的所谓文人,往往是一些没有真正才能的半吊子、半瓶水。真正的才子,天生的作家,相对来说,是较少本末倒置寡廉鲜耻的。

或者上帝很公平,知道他们要的不是维纳斯,所以不给他们一双塑造维纳斯的手,而给了他们一副伸缩自如、俯仰有序的腰?

(1994年)

冥想黄昏

天是越来越阴了。刚才灰蒙蒙的一片里不时还透着些许惨白,此刻是彻底的灰、灰、灰了。那份阴森与浓浓的无奈空气一样到处飘浮,蜷缩在沙发上的我被它浸泡包裹了一天,此刻才渐渐意识到,整整一天,我的思维似乎停止了,大脑混混沌沌一片空白。

现在,黄昏正迷迷蒙蒙地走来。透过窗户,我开始看见远处近处那一片苍凉与落寞。土灰色的天幕下,是乱岗子一样绵延的平房区,低矮、晦暗的房檐夹杂着一棵棵直刺天空的越冬老树,那份"枯藤老树昏鸦"的苍凉,不止一次把我混沌空白的大脑搅得旋转起来,生疼起来。

而越过那些低矮、杂乱、起伏不平的暗褐色房顶放眼望去,是天尽头的迷迷蒙蒙、莽莽苍苍。那是视觉上天与地的衔接处。那里同样飘浮着北方冬季的蒙蒙雾气,但那里的氤氲是苍茫、神秘、博大的,那里弥漫着冷峭与莫测。

周围的静谧冷冷地、一点一点地凸现起来。没有市声,没有人语,世界死一样的寂静。除了心跳,我听见的便是静极时才听得见的自然的啸声——那种尖尖细细却又绵延不绝、回响在天地间的神秘之声、永恒之声。

视野里脑海里弥漫起莽莽苍苍、苍苍莽莽的无边宇宙。

地老天荒的感觉猛然袭来。

身边的书桌书柜音响电视，我置身其中的这幢楼房，还有那视野里乱岗子一样绵延的破旧平房，它们全都消失了，地老天荒的感觉浓雾一样团团将我包裹——我是谁？……为什么我此刻竟在那莽莽苍苍、冷峭神秘的天地间看见自己孤独的身影？……浩浩荡荡、博大威严的天穹下，单薄羸弱的我彳亍独行，竟是那样彷徨那样渺小无谓那样踉踉跄跄……

思维停止了，大脑混混沌沌混混沌沌再度出现空白……

周围的静谧冷冷地、成倍地凸现出来。世界死了三次一般。那自然的啸声在耳旁在周遭在楼上楼下在天与地之间回响、嘶鸣。

我是谁？

为什么我是这一个而不是随便另一个？

我到这世上来做什么？我为什么到这世上来？……

楼道里终于传来猛力撞门的声音。那"砰"的一声巨响使我从冥想中走出。在那警觉的一刹那，不幸的我极不幸地瞥见了刚才冥想的全部——那是对生命的质询，对自我的体认，对无边宇宙的彻底而绝望的感悟？

一种很悲哀很无奈很凄凉的感觉山一样朝我压来。我下意识地将蜷缩在沙发上的身子挪了挪。这一挪我吓了一跳，因为就在那一动一静之间，我感觉，浑身上下的骨头全都沁出了冰屑。

户主和儿子进屋的时候,我只是很茫然地看了他们一眼。户主打开灯,看见小狗一样蜷缩在沙发上的我便十分惊讶:"咦,你在家?怎么不来开门?"我咧咧嘴,想微笑一下表示歉意,然而脸上的肌肉牵动起来却勉强。儿子跑到我身边,一面像平时一样将他的小脸伸给我亲,一面说:"妈妈妈妈,你怎么坐在黑暗里你不怕大灰狼吗?"我含糊地哼了哼,机械地亲他的脸颊,但是很快我便对自己害怕起来:往日对儿子的百般疼爱、万种柔情到哪里去了?倚在怀里的儿子为什么给我的感觉是那么陌生那么遥远那么无谓?

"你的脸色很不好你是不是病了?"户主看看我,终于现出一脸的急切。看着他那急切的神情我觉得可笑,然而当我咧嘴想冷笑的时候,那浸泡了我整个黄昏的空空落落、无依无凭、什么也不是的感觉却排山倒海般地朝我压来。

我其实至今也说不清那整整一天里我的感觉以及我的全部思想。我只知道当我独自蜷缩在那灰色沙发上,屋内灰色的水泥地面与窗外灰蒙蒙的阴霾天气交替着出现在视野里,四周渺无人声时,我听见的那自然的啸声是几十万年甚至几百万年前就嘶鸣回响着的,以后也将几十万年几百万年地嘶鸣回响下去……那种地老天荒、天荒地老的感觉铺天盖地朝我压来……这时,身不由己的我从所处的时代、社会、家庭中分离了出来,我不再是这个人或是别的什么人,也不再是二十世纪九十年代社会主义国家或资本主义国家的某个公民,我只是一个广义的人,一个古老的人,一个孤独的人。我独自蹒跚在绵延不绝的茫茫宇宙中……浩荡、神秘、无可把握的宇宙令我警觉,令我恐惧……我清楚地看到了自身的渺小、脆弱与微不足道,意识到在无边宇宙里生命短暂、轻飘并且其实和万物一样自生自灭毫无意义……那种古老的悲哀古老的绝望笼罩了我。我终于陷入旷世的茫然之中……

不知过了多久,我才从那种怔忡状态中醒来。然而,心情却依旧是可怕的晦暗!我不知道自己是谁,不知道自己为什么是人而不是另一种动物,不知道既然生命如此无谓以后该怎么办,而且,最可怕的是,在那种心情下,甚至连死亡的念头也懒得去动,也觉得无谓无补无意义!

是的,既然生是无谓的,死又怎么样呢?

就在这时,家里人回来了,地老天荒的孤独暂时放开了我。然而也是在这时,我发现,往日那对我至关重要的一切:儿子、丈夫、亮着橘黄色灯光的温馨的家,甚至以前所执着的写作,如今都是遥远、陌生、无谓的了。

持续的阴天像魔法像咒语。整整两天,我被扔在这浅灰色的沙发上发怔发呆,而天仍旧没有放晴的意思。

又一个黄昏缓缓走来。似乎每到黄昏,我那停顿了一天的大脑才会开始徐徐转动。这次,它要领我走向何方?

思路却仍旧浑噩飘忽。昨天那种空空落落、什么也不是、什么也抓不着的可怕感觉重新包裹着我。我发现我怕极了这阴天里的静谧、静谧中的阴沉宇宙。

可是,我愿意结束这静谧中的孤独吗?只要我走下楼,随便碰见个什么人,随便和他聊上几句,这孤独就会被轻轻抛开。然而,为什么此刻的我却生怕有人敲门?

难道我其实深爱这份静谧这份冥想?

我知道答案是肯定的。因为只有这地老天荒的静谧,这无际无边的孤独,才会使我接近本质,窥见真谛。

然而本质和真谛却令我失落。

是的,在这莽莽苍苍、绵延不绝、变幻莫测的浩荡宇宙里,生命是飞灰般的轻飘、尘屑似的渺小、蚂蚁样的无谓与无助。而且,这轻飘、渺小、无谓与无助的生命无论如何踉踉跄跄、勉力撑持,却都是命定的短暂,命定的不由分说,命定要一步一步走向消亡走向毁灭!

人类永远无法摆脱这可悲的命定吗?

所有那些浩气冲天的壮志壮举,所有那些对来生来世的热切祈望,所有那些明知无谓而强为之的可贵激情——所有一切为生存所建造的价值宫殿,其实都不过是自欺欺人、掩耳盗铃?——或者,连这份欺人自欺、掩耳盗铃,其实也是一种命定,一种别无选择的必然?

甚至连自由选择的死亡,也不是自由的选择,它仍然是一份命定,一份别无选择的选择?

而我在这里的冥想与苦苦思索,也是一种迟早的必然,一场逃脱不掉的生存危机?

冷汗又一次沁出我的骨头。然而,奇怪的是我已不像昨天那样惊慌失措了。

儿子"咚咚咚"地敲响大门的时候,我说不出心里有多欣喜。我三步两步跑去开门,把头紧紧埋在儿子温暖的胸前。我知道我又回来了,回到生存的惯性运动中来了。虽然我的归来并不是我的选择,虽然它仍是一种命定,一份无可奈何的必然,然而我仍旧要庆贺它。因为对我来说,生存从此不再是盲目的、浅薄的、沉溺的、人云亦云的了——生存对我来说,至少将有一份自觉,一份明澈,一份明彻之后的宽广。

我很高兴我最终还是从那茫然与无望中折了出来。虽然这种"步出"并非挣脱——对人类来说挣脱是不可能的,有的只是闭目不见或麻木不仁或种种反抗——而且说到底也并非自由选择(造物主在向你昭示生的无谓无序时也向你宣告了死的无益无补,使你除了"步出"茫然勉力为之之外别无良方),但我仍旧感到高兴,因为"步出"时已与"走进"时大不相同。

当我刚刚瞥见生命的本质,我是那样悲哀茫然那样空空落落。我不得不承认我比贫困山区那些衣衫褴褛、食不果腹的农人更加可悲——他们虽然贫穷落后,但他们至少还未看见人生的真相,还有东西在支撑他们:为一口饭一孔窑,为儿子能娶亲,为家族能延续,他们在拼命挣扎。而我呢?所谓哀莫大于心死!——明了了一切便陷入虚无的泥沼。幸耶不幸耶?

然而,值得庆幸的是,带我"走进"的孤独冥想也带我"步出"了。或者,这也是一种命定一份必然?——既然死亡也不是反抗也不是抗争,既然死亡仍是徒劳仍是无益无补,既然生命只是一段自然过程,它自有天年,自会终止,人类惟一能做的事便只有顺应自然了。(或者,造物主在赋予我们脆弱生命的同时,便替我们预备好了这份理由,并将它放在显眼处,让我们唾手可得?)而如何顺应自然，走完生命旅程，便是人类之所以有政治，有艺术，有宗教，有种种种种的人生哲学了。政治家以治国图强、兴家安邦来忘却渺小，反抗短暂，所谓"以丰功伟业彪炳青史、赢得永恒"（当然仅指有良知的政治家）。艺术家以发现美、创造美来反抗虚无、抵御绝望，所谓"以美陶醉生命，肯定生存，开辟精神憩息家园"。而宗教呢？宗教不教人们反抗，不教人们忘却，它时时提醒人类注意自身的可悲处境，号召人类在明彻之后至善至爱，慈悲为怀……

我的天性使我在明彻之后深切理解了宗教。尤其基督教的博爱、悲悯、笃信。我知道从此我无论做工也好，种地也好，教书也好，写作也好，我的人生将多一份坦然、多一份宽广。当我再说到"爱"，再抒写"爱"的时候，它已不是原来那一份天性、一份善良了，它将是一种自觉，一份明彻，一簇心灵自由之后的微笑。

（1990年）

给灵魂一席之地

我的亲戚从美国回来,踏进我那不算宽敞的书房(十五平方米,在北京知识界已是知足,在有洋房、花园、车库的亲戚眼里自然尚嫌狭小局促),不禁感叹:

这么多书!我们现在每天除了挣钱就是花钱,几乎不看书了!

我深谙这感慨的复杂与深沉。因为我的这位亲戚是博士,曾经手不释卷地苦读二十载,对书有着强烈深切的感情,而一旦学成,投身工商界,就身不由己地运转起来,而且越来越加速,越来越加速,终于渐渐只剩下挣钱花钱、花钱挣钱的循环了。

然而,人之所以为人,就在于除了挣钱花钱、花钱挣钱,换言之,除了物质需求、本能满足之外,还有情感、灵魂,还有精神的委顿或饱满、升腾或坠落等等需要去面对、去抉择。

这也是为什么帝王将相仍有痛苦,百万富翁同样迷惘。上帝实在很公平,出身可以不同,财富可以悬殊,但每个人胸腔里都有一颗心,每个人血管里奔流的都是汩汩热血。

而且是,躯体有限,灵魂无垠。感官的要求再繁复再奢华,总有餍足的时候,灵魂却是无疆无界无边无沿的。灵魂的丰富、拓展、升华与生同在,永无终极。

先哲有言:"生也有涯,学也无涯。"如果有涯的人生除了吃饭穿衣、挣钱花钱外别无所知、别无所求,该是多么无聊、多么可悲。

而无涯的其实不仅仅是知识、智慧,无涯的更是心灵的饱满、情感的丰富、灵魂的飞扬与升腾。

在金钱的意义重新被认识、被界定的今天,我想我们不应该犯儿童的错误——

两年前的一天,当我告诫六岁的儿子不要一天到晚钱、钱、钱的,这个世界还有比钱更重要的,他很得意地抢先回答:我知道什么比钱重要——那就是黄金!

同样的,当我们执笔为文,用文字再现人生、升华灵魂时,我们也不要犯上述错误,不要"监守自盗":号称抒写灵魂却全无灵魂;宣布审视人生其实只是窥视、觑视。甚至以肮脏为旗帜,以陈腐为荣耀,以亵渎为至福,不由分说地践踏人们对于灵魂的渴望,对于神圣、高贵、美丽的向往。

天赋人权。灵魂与躯体一样有生存生长的权利。

而我们这些承载灵魂的每一副躯体,是否该反省一下自己对于灵魂的挤占已到了最后边缘?

(1993年)

诗歌,从庸碌的生活中升起

两年前的一天,我去排字车间取校样。走进车间,听见几个女工正在议论:

"这些人是不是神经病呀?整天诗呀美呀死呀生呀的!诗是烙饼还是大葱?——纯粹是吃饱了撑的!"

看见我进来,她们戛然而止,因为她们知道,我也是她们所嘲笑的"神经病"中的一个。

取了校样出来,我心里不禁也疑惑起来(大概是"卑贱者最聪明,高贵者最愚蠢"的古训在隐隐作用吧):劳苦大众如此评价我们的诗,我们的诗价值何在?前途何在?

疑惑当然只是短暂的瞬间。悲哀却是长久的。

对于只认得烙饼大葱的人来说,诗无疑是神经病患者的呓语,是胡涂乱抹一文不值的纸片。对于既不能没有烙饼大葱更不能没有精神灵魂的人来说,诗则至高无上。

可是,即使是只认得烙饼大葱的人,也要花钱去买烙饼大葱之外的东西。比如化妆品、时装,比如墙纸、地毯、吊灯等等来装扮、点缀、改善自己那庸庸碌碌平平淡淡的生活。

何况人类除了衣食住行外,更有喜怒哀乐,更有思想、心灵、情感需要表达，需要升华。

于是，诗诞生了，文学、美术、音乐诞生了，诞生于庸庸碌碌、平平淡淡的生活之中。

甚至是，越是庸庸碌碌、平平淡淡，越是需要诗来抒发、阐述、憧憬，需要艺术来升华和超越。

只要人类还是人类，只要人类不至于退化到兽类去，不至于除了像动物那样生存外别无所知别无所求，人类就要吟唱，要哭泣，要呐喊，要寻觅。

何况好的艺术不仅仅是人类心灵的表达，更是人类心灵空间的探寻、拓展、建构。

真不能设想，我们除了在物质世界遭逢的一切外，对心灵一无所知，或者我们除了一己有限的情感体验外，对同类那广袤丰饶的精神世界一无所知。

同样不能设想的是我们除了经验、感知外毫无想像，毫无超越现存、驰骋、跳跃、升腾的可能。

而一个不仅仅重视实利，而且崇尚精神、崇尚美的民族，是不会长久地忍受那种除了挣钱、花钱外，就别无所知别无所求的愚蠢状态的。

也不会长久地以赝品为真品，以媚俗为艺术，以明星逸事为心灵作料，并且听任交响乐团瓦解、哲学教授摆摊、画家诗人节衣缩食倒贴钱去印画集诗集的。

问题是，这个"不会长久"需要多久？这个"不会长久却不知多久"的时期的艺术家们如何坚守？能否坚守？

就我来说，让我悲哀的不仅仅是艺术家的清贫，（这清贫当然十二分的不该！）让我从心里深切感到悲哀的是这样一种状况：

写作的女人

报载,北京有青工以每天逛商店(只逛不买)、坐地铁(一趟趟来回坐,一直坐到地铁停运)来打发漫长的无以打发的业余时间!

面对为数不少的这样的"逸闻",我们能说什么呢?

我们所能做的大概也就是一次次顽强地祈祷了:

诗歌,从庸碌的生活中升起来!

(1993年)

江城走笔

"一方水土养一方人",这句话真是一点儿也不错。苏州那样温软亮丽、那样玲珑剔透、那样流水淙淙的城市,自然盛产丝绸、评弹、刺绣,以及苏州园林,以及吴侬软语。苏州的女孩子多数袅袅婷婷,浅笑声声,苏州的男青年则——在我看来,他们都那么适合跳伦巴舞,也确实那么长于跳伦巴舞。走在苏州的小巷上、集市里,你会觉得这里的空气精明而和气,周到而有情,热热乎乎但同时宁静隐约其间。而武汉,武汉这个古往今来的工业重镇、军事要塞,则是一味的生气勃勃,一味的喧哗热闹,一味的紧张机敏。在武汉,无论坐大车还是坐小车,无论机关的车还是出租车,你都不由要捏着一把汗。但说来难以置信,却是每次都安然无恙——武汉的司机太像他们的城市了,节奏极快,"分贝"极高,他们开起车来横冲直撞,呼啸有声,强行猛拐,而且,居然谁也不让谁,但几乎都是有惊无险。盖因武汉人太灵敏了,他们精明强干,反应极快,所以常常能够化险为夷,反败为胜。

都说武汉人精明过人,"天上九头鸟,地上湖北佬"这句话,几乎人所共知。

不过,武汉人也有另一面。

在本届全国书市的展厅里,你可以领略武汉人的热情、激情。几乎每一天,各个展厅里都是人如潮涌,万头攒动。人们手上抱的、肩上背的全是书。看着这少见的热烈场面,我总有一种感觉,仿佛全武汉的青年男女、莘莘学子全都闻风而至了。我和舒婷、池莉应珠海出版社之邀,到书市为"女作家爱心系列"丛书签名,其时"布老虎丛书"、梁凤仪义卖等已做了大量宣传,并且占据最佳地势,而我们,既无醒目标志,又挤在一个不起眼的角落里,因此我们三人面面相觑,以为今天要坐冷板凳,并且愧对出版社的美意了。不想,当编辑们把一块小木牌随便挂在角落上方之后,读者们便迅速聚拢过来。他们争先恐后,越聚越多,差点把签名的书桌挤倒了。更让我们意外的是,许多读者对当代散文十分熟悉,如数家珍,而我们却曾经以为,在青年读者那里,文学已被流行歌曲、卡拉OK替换了。

第二天,我们应武汉读卖连锁书店之邀,到远离书市的他们的书店签名。到达那里时,发现读者已经排着队在等候了。其中有些读者是闻讯后特意"打的"从书市赶来的。

在这届书市上,武汉读者的热情据说创下了全国之最,而武汉读者的气度,也创下了全国之最:

一个行医的读者,同时也是书籍收藏家,用了二十万元,订购了一大批古籍图书!

临离开武汉的前一天,我和舒婷乘车去看东湖。

东湖真是大! 大得像是无边海域,大得像是泱泱国度。站在湖边,真有临风而立,满耳满目全是天风海涛的味道。我和舒婷惊喜之余全都纳闷:这么大的地方,这么好的地方,居然没有什么游人。辛劳的武汉人,精明强干、生气勃勃的武汉人,难道他们忘了这片寥廓水域?

当地的朋友提醒我们,今天不是休息日,而武汉人一向是"工休分明"的,我们这才醒悟。我想起北京的公园里,即使不是周末,也有那么多的老人孩子,也是那样的笑语喧哗。想来武汉人于生活、于工作的态度,和北方人确是大不相同了。

(1994年)

家　园

汉语里最容易让人动情的词我以为是"家园",相信无论谁读到它都会有所触动。对于我这个不爱出游,总是喜欢缩在家里的人,家园更是意义重大。当然现代都市人大都只有家没有园了,逼仄挤迫的空间使私家庭院成了多数人的奢望。

夏天我搬了一次家,新家当然同样没有庭院。不过我从十二层搬到了一层,离地面近了,心里就有些雀跃起来。要是有一个花园,要是能够天天亲近绿色多好!这个念头实在是近乎妄想。不过,心存妄想多日之后,妄想却也打着折扣地变成现实了。

我的装修非常简单,因为我知道我想要的不是豪华与繁复。我那时下意识里一定知道我要的是什么。所以现在我有空间也有余款来布置我的"家中园"了。

那些天我不断往返于花卉市场,精心挑选心仪的花木。蝴蝶兰、一品红、丹顶鹤、君子兰,这些都是我的所爱,我把它们精心摆放在起居室的窗台上,每天早晨一起床就接受它们的问候。我还挑选了巴西木、平安竹、广玉兰、芦荟,让它们起伏有致地构成我餐厅的绿色旋律。当然我更无法忘怀家乡的榕树和三角梅,那是无论鼓浪屿的坡道上还是中山路的拐弯处都随处可见的,我不辞辛劳地在北京郊区四处寻觅,终于得遂心愿,满心欢喜地把它们带回家。现在,它们静静散立在我客厅的角落里,在我思乡的时候,和我互致问候,互道乡情……

终于有一天,曾经批评过我的装修的一位女朋友再次来到我家,她一进门就惊讶不已!"你把家变成花园了!——居然很不错!"我自然有些得意,因为她对我那过于简单的装修曾经很不以为然,尤其我对天花板没做任何处理,她觉得过于空旷了。

现在,这些花草树木改变了这种感觉。它使我的家既错落有致又美丽优雅。更重要的是,它还中和居室里的有害气体,带给我们清新怡人的感觉。

我的女朋友表扬我创造了新的装饰方法,这当然让我高兴。不过,更让我高兴的是在新家,我的书不必再窝在阳台上、床底下了——我有了两个书房(这一点真是太好了!)所有的书都精神抖擞地站到书柜里了。每次我打开柜门,都能听见它们的雀跃之声——他们早已准备好了,正争先恐后地等着和我亲近呢!

(2001年)

关 于 美

善是美。美却不只是善。单纯是美，美亦远不只是单纯。人类进入二十世纪以来，美日益从明快、晓畅、平面、单纯脱身出来，进入一个朦胧、诡谲、复杂、立体的斑驳世界。这是美的进化、美的时代性。它同步于人的进化、人的时代性，是人类对外宇宙与内宇宙、对自然与社会、对自我与他人新审察、新认知的产物。

艺术的美妙在于，它能把恶变成美。真实世界的丑恶，经艺术之光辐射，瞬间便升腾为美。奥秘在于艺术家手中的那束光。艺术家对现实的俯视有多深，对梦想的追求有多执着，对美的把握有多成熟，他的成就便有多高。那是善之光、美之光、智慧之光、梦想之光。

文学（当然指严肃纯正的文学）之所以为文学，是因为和哲学比，它有栩栩如生的形象画卷，有丰富多彩的情感世界；和历史比，它有活生生的个体生命，有丰厚细微的生存记录；和美术比，它有开放的想像空间，有可读可诵充满弹性与魅力的语言；和音乐比，它有具体可感的形象，有可辨认可追踪可拓展的思想。而和通俗读物比，它有发现，有哲学，有深刻深沉的情感，以及不可替代的美。

文学的美、文学的价值是不可替代的，无论音像、影视多么发达，都无法取消文学、替代文学。

宁静是美，死水不是美；宽容是美，圆滑不是美；悲悯是美，怨艾不是美；抗争是美，毁坏不是美；透彻是美，透彻后与世界同流合污却不是美。

反过来说，捕捉荒谬，再现荒谬是美，荒谬本身却丑陋尴尬。

美在灵魂，丑亦在灵魂。最丑陋的东西不在自然界，不在人类的外观——癞蛤蟆固然丑，一张布满刀疤或长满疮痍的脸固然丑，可是它们和人性深处的卑劣委琐比起来，实在算不了什么。

天赋人权，却不赋予人相同的审美能力。同为人类，人对美的感受力、领悟力、创造力相差十万八千里，就像银行家、企业家、科学家除了后天的努力亦有赖于先天的禀赋一样，艺术家尤需天赋。一个艺术繁荣的时代，必是有艺术天赋者纷纷自由献身艺术的时代，而苍白贫乏、赝品辈出的时代，必定是有天赋者销声匿迹，无才能者粉墨登场。

回忆之所以美，是因为它被时间筛选、变形、修饰过了。时间把过往的真实粉饰一新，并且只取所需，然后默默地呈现在我们面前,让我们观看、欣赏、回味。时间赋予回忆以温情、以诗意。时间赋予回忆以流动的美。

生活的美是点点滴滴、琐琐碎碎的,发现它、欣赏它都需要前提。一个母亲很容易从孩子身上感觉到美,感觉到那不可言说的愉悦;而一个怨气冲天的老处女只会对那些生机勃勃的小生命充满怨恨。叱咤风云、踌躇满志者欣赏都市的喧嚣、都市的繁华;清心寡欲、离群索居者则感谢周围的静谧、周围的单调。美不仅需要相对的距离,而且需要相应的情境。

同时美又是客观的,无论你是否发现,是否欣赏,是否为之激动,它都已经存在,并且很有可能继续存在下去。比如自然的美、艺术的美,以及人性中那微弱的、偶尔闪现的光。

我以为,文学的美首先是语言的美,至少是透过语言所呈现出来的美。

而美是各式各样的,有和谐统一的美,有对抗分裂的美;有整体意味的美,有局部细节的美;有语言自身的美(富于表现力,富于张力与个性),有构思构造的美(或突兀奇特,或清新雅致,或自然散淡);有风格气魄的美,有思想内涵的美;有写实的美,有梦幻的美;有具象的美,有抽象的美;等等。文学的美就是这样丰富丰满、令人着迷。

善于审美、对美着迷、惟美是听、惟美是举的人必然是长于梦想拙于现实的人。他们在艺术领域、创造领域如鱼得水,潇洒自如,在现实生活、真实世界却往往顾此失彼,狼狈不堪。

美的使徒难于应付丑的现实,这差不多是一种命定。

反过来亦然,丑的俘虏也无法真正走进美的殿堂。

美曾经是花边,为人类点缀生活;是信使,为生命传递信息;是情人,为心灵抚平创痛;是珠宝,为民族炫耀财富。进入工商社会以来,美的最大功能是:它是哲学家、艺术家殿堂里的柱石,勉力支撑着他们那风雨飘摇的生存大厦。

(1992年)

爱情是风

1

爱情,如果它存在的话,或者说如果你有幸真正拥有它,那么它当然是美妙、温馨、神奇的。问题是:它存在吗?它在哪里?

2

字面上的爱情美丽而迷人,生活中的爱情却往往只是抽打心灵的长鞭。它冷酷、丑陋、无情。你若不幸被它那长蛇般的阴影所劫持,你的心就逃脱不了痉挛、疼痛以及随之而来的一次次窒息。

真实爱情之所以委琐丑陋,是因为人绝少有幸遇到心灵的真正对应者。越是丰富丰满、懂得情感、渴求爱、珍惜爱的人,越是要在心灵贫瘠、情感单薄、人性沙化的现实面前哀叹,饱尝失望失落的痛苦。

3

即使双方心灵接近,情感相当,两性身心的差异,性格、气质的区别,甚至生活习惯的不同,以及日复一日具体、琐碎、芜杂的生活,都会轻而易举地损害、破坏、扭曲生性脆弱的爱情。

4

当一个男人说"我爱你"的时候,百分之九十九的意思是"我爱我自己,而你正是目前我需要的"(能够使我欣赏,使我愉悦);而一个女人说"我爱你"的时候,百分之五十是爱这个人,百分之五十是爱爱情本身。

5

所以,当爱情由节日般的偶尔聚首转化为日复一日平淡无奇的耳鬓厮磨时,本质便裸露了。曾经无数次喃喃细语"我爱你"的那张嘴,渐渐发出了斥责、怨恨、诅咒——当然这是最坏的情形。更多的情形是未必互相诅咒,然而也不再互相吸引、互相怀有温柔的情感了。激情更不必说。例行公事,得过且过,成了这类婚姻的稳定剂。

6

加缪说:"爱,就是使被爱者枯萎。"不仅如此,爱情实在是戴在爱人者与被爱者身上的同一副枷锁。无论同心还是离心,同向还是逆向,脖子上的同一副枷锁都将使恋爱双方紧张、痛苦。

7

的确,爱情也使人类愉悦。不过,这往往限于初始阶段,即朦胧美丽的萌芽期。爱情长成参天大树后带来的是狂热、欣喜与骚动不安。然后,痛苦降临了——不是对抗的痛苦,便是寂灭的痛苦。

8

人世间最能坚守的是爱情——无数苦恋终生、殉情而死的悲剧证明了这一点。

人世间最不能坚守的也是爱情——试想一对恋人能够拥抱多久呢?

9

真正珍惜爱情,并想始终保有对爱情的赞美与温馨回味的人,最好永远不要相互走近,永远不要超越"萌芽期"。距离是美感的维持剂,也是情感的稳定剂。当美、神秘、陌生、默默无语、深情一瞥消失时,爱也就消失了。

10

女人的不幸在于爱情对于女人就像功名对于男人。男人以建功立业为根本,以功名赫赫为最高幸福最高奖赏;女人则以恋爱为天职,以爱人并被爱为至福。女人的最高梦想不是成为武则天,而是成为赵一荻(张学良将军深爱的四小姐)。

爱英雄并被英雄终生所爱的赵四小姐,即使历经数十载的风雪冰霜,仍然为无数女人所钦羡。

11

比较而言,女人的爱是长久的、恒定的,男人的爱是流动的、易变的。他们爱马,他们爱车,他们爱船。他们爱一切流逝变幻,动荡不羁。

12

爱情无论真假,惟一真实的是它制造了温柔。两情相悦,两额相抵时,两个个体间原本的生硬、拘谨、戒备、防范全都消失了,温情成为现实。虽然它太有可能短暂而虚幻,但是毕竟,没有哪一对情侣是在仇恨中相拥、仇恨中做爱的。真假爱情的惟一价值、惟一共有功能是:制造温柔。

13

"女人痴男人迷",这句话道出了两性在情感上的差异。当一个男人堕入情网时,缠绕在他心里的常常不是爱,而是一种迷乱,是被对方的美、魅力、个性、灵气甚至是邪恶、放荡所迷惑、所颠倒而无力自拔。男人极少因为女人好而爱她。"好"在许多男人心目中只是一种可有可无的品格,与魅力、与性爱无关。

女人恰恰相反。女人往往认定男人好而爱他,并往往如醉如痴,真假莫辨。

14

对女人的最好的忠告是:
假如你爱一个人,千万别让他知道。

15

热烈、无私、完满、持久的爱情即使存在,也是少而又少(它更多地存在于书本上、戏剧里)。人世间的爱情往往忽生忽灭,虚虚实实,转瞬即逝,纷纭莫测。女性尤应认识这一点,不把生命价值维系在最不稳定、最不可靠的东西上。

爱情是可以远望、不可近观的:你尽可梦想,尽可礼赞,尽可吟诵,但绝不可投入,不可痴迷。

16

我欣赏俄国诗人茨维塔耶娃的话:"吻过我的人,会错过我。"

真正的爱情确实只活在想像中、语言里。只要你走近,爱情就会破灭。"无手之抚,无唇之吻"则使爱情常新。

17

爱情,如果它成立并且存在的话,它的真正意义不在美,也不在性(美在自然、文学、艺术中皆可获得;无爱的性关系亦不难),它的真正意义在于两颗心的互相慰藉,互相依托,并以这种结合叠印驱逐宇宙间的阴冷死寂,给渺小脆弱的人生一线曙光。

不幸的是爱情的本质意义常常被忽略,而它的附带价值倒日复一日被功利务实的人类放大凸现出来。

18

这样,本是神话的爱情就仅仅剩下被诗人过分美化的性了。

(1992年)

漫无边际

1

作为"天地主人"、"万物灵长",人最不能接受的是对自身真实面目的揭露与概括。他尽可邪恶,尽可伪诈,尽可残暴,尽可下作,尽可蝇营狗苟,见利忘义,趋炎附势,你争我夺,但你绝不可指着他的鼻子对他说:

你就是你所表现出来的这种样子。

人比禽兽恶劣的地方就是人懂得伪饰,懂得矢口否认,倒打一耙,懂得翻手为云,覆手为雨。

2

应该说,善、爱、怜悯、同情、正直、真诚、坦荡、忠实等等,也是人性之一,是人或者发乎本性,或者经过教育修养所能拥有的品格。只是随着社会在动荡裂变中演进,人类在跌宕战栗中进化,这些朴素美好的品质渐渐流佚散失了。人渐渐只剩下我们所看到的样子:即使不是大奸大恶,也难逃麻木冷漠、平庸委琐。

3

我对于卑微人性的攻击与其说是出于道德原因,毋宁说是出于审美选择。你想狡诈邪恶、残暴委琐较之于善良友爱、真诚坦荡孰美孰丑?

4

"最利己主义的女人不是一团爱就是一团恨",始终如此。而男性利己主义者却"既不爱又不恨",他是空心的,只在表面上才富于情感。在内心深处,他一无所有,并因此而倍感安全。

5

仁慈是人类最应有却偏偏日益匮乏的一种情怀。他们的"行动代理人"尤其易患"仁慈缺乏症"。如果把人类分成男人、女人、父亲、母亲、商人、军人、企业家、艺术家等,那么只有母亲一族最富于仁慈心,但这种仁慈往往只施于儿女孩童。艺术家的仁慈近年日渐减少,原因在于社会、同胞对他们的仁慈日少,他们的仁慈便自然日益从作品中逃逸开去。"后现代"于是诞生?

6

如同善良出自天性，邪恶亦大多源于天性出自血液。邪恶的人生性阴暗邪祟，以破坏为荣，以残忍为快，以歹毒为幸。邪恶的人无法了解善良为何物，就像善良的人往往难以想像邪恶是一种什么状态。

7

一般来说人做某事过久便会厌倦，比如饮食过饱、睡眠过多、工作过劳、开会过长、谈情说爱过久等均会厌倦。但奇怪的是，整人杀人的人杀戮再多也不厌倦，反而会激起新一轮的亢奋。这便是人性的可恶可悲之处？

8

公正是一种只有弱者、善良人、理想主义者才会要求的东西。强者、作恶者、无仁无义之徒无不讥笑公正，践踏公正，葬送公正。因为公正是他们巧取豪夺、作威作福的大敌。

9

七十年前的卡夫卡把逃避自己的使命看做罪孽，把误解、不耐烦、懒散看做罪孽。而我们今天的标准已大大降低了。今天人们不整人、不抢人、不杀人就已是功德无量了。

道德的尺度也随着时代的发展而加长加宽？

10

人类比动物高明的地方在于,他不但能断然否认吃人的残酷,而且能将这种残忍行为装饰成一种庄严神圣的事业,用喜庆的爆竹、烟花去消弭屠宰同类时的血腥气味。

只有被人吃的时候,人才疾呼、抗议其残酷,并在反对残酷的斗争中偶尔献身。

11

看惯了人的无耻阴毒之后,你会突然迷惑:以为无耻邪祟是正常的人性,有尊严、有道义倒是一种反常。

12

最巧妙的魔术师在女人当中。有一种女人是千面女郎,变幻莫测,"起伏自如"。在孩子面前是一副面孔,在女友面前是一副面孔,在师长面前是一副面孔,在不同的男人面前又是各式各样不同的面孔。其在诡谲善变八面来风、谈笑风生中已将一切置换的本事,就是最高明的魔术师也要自叹弗如。

13

对男人来说,理想的女人各式各样。纯情少女、冷血美人、贤淑妻子、恩慈母亲,还有漂亮能干的女秘书,潇洒豪放的女才子,珠光宝气的富孀,风情万种的妓女,双眉倒竖的女杀手,温柔诡谲的女间谍,甚至女巫、女匪、女妖都可以"成立",都可以是各式各样男人的理想情人,而男人们呢?对多数女人来说,理想的男人只有一种:英俊、强悍、热情、慷慨,富于才智,善于行动,既能叱咤风云,又懂儿女情长。

14

人的最直接、最持久、最本质的悲哀在于,人常常是想要什么就没有什么,得到什么又不把它当做什么。

15

对人类来说,能够置肉体于死地的东西很多,比如处境,比如命运,比如异己的力量等等,能够置心灵于死地的只有两样:所爱的和所怕的。

16

人常常不愿承认神,他们宁可立自己为神,使自己"替天行道",享尽神威。殊不知,人在拒绝神的时候,也拒绝了惟一的登陆机会。从此人将永被放逐,永在浊浪滔滔的欲海里漂流颠簸了。

(1992年)

运　动

孩子三个月了。

三个月的孩子已经显得志得意满、踌躇满志了。

每天醒来,他总是急切地用目光寻找我。看见我,他粲然一笑。我走到他的小床边,亲吻他,用语言向他问好。他显然并不是听不懂,因为他的全部表情都在回应我,而且笑得更加灿烂了。我为他换上干爽的褥子,喂了他一点水,就让他重新躺到小床上去。

我开始在厨房里忙碌。烧水、煮果汁,洗昨天晚上的碗筷盘碟,同时探头去窗台上喝几口热气腾腾的茶。

卧室里也开始传出咣当咣当的声音。

我知道孩子又在做他的晨练了。

第一次看见孩子优美的运动,我觉得我从此懂得了什么叫"志得意满,踌躇满志"。

小小的孩子仰卧在小小的床上,扬着小小的胳膊,高高抬着小小的腿,以腰为支点,下身近乎悬空地蹬腿、屈腿、蹬腿、屈腿,伴着嘴里欢快的"哦哦哦",一副舒展自如,好不得意的景象!

我惊喜得眼睛都直了。

孩子看见我（显然他看出了我眼里的赞赏与惊喜），更加兴奋了，他加快节奏，加大幅度地蹬起来，嘴里应和的"哦哦"声更加有力、更加欢快了。

小木床的轮子兴致勃勃、吱嘎吱嘎地来回摆动。

我没有情绪去做任何家务了，我索性搬了一张凳子，坐在旁边欣赏。

看着这个小小的生命如此潇洒自如，如此旁若无人，如此志得意满地伸展着、运动着，迸发着力量、意志与喜悦，我一百次地想：世界上再没有比这更美的了！

后来我曾经仰卧床上，学孩子的姿势抬起臀部，两腿悬空，全靠腰的力量试着蹬腿、屈腿，

这才发现，这个动作难度大极了，运动量也大极了，我根本做不来。

可是在孩子那里却是轻巧之至，优美之至！

可见并不是随着成长一切都日益发展、日益完善的。有些机能，有些感觉，是随着长大成熟反而日趋衰弱、日渐丧失的。

包括单纯、赤诚，包括善与爱的能力。

有哪个孩子是生来就圆滑狡诈的呢？有哪个婴儿不懂得爱的美好，不懂得回报微笑以微笑呢？

而能够尽可能地保有孩童的素质，包括单纯与赤诚、灵敏与迅捷的人，长成后必定是出类拔萃的人。

因为他战胜了衰败，超越了局限。

我的三个月的小儿子仍旧在他的童床上乐不可支地运动着、兴奋着，我的心里却充满了对他未来的向往。

(1993年)

手 房 子

儿子五岁时画过一幅炭笔画。画面上是一只大手,手指和掌心都打上了格子,格子里填着用左手写的反着来的阿拉伯数字。问他画的什么,他很自豪地说:"手房子呀!每个人都有一间呀!"

搞美术的朋友夸他有想像力,房子造型新颖而独特。我却知道这一构思与其说是美术的不如说是文学的。他一定是听我解释了《茅屋为秋风所破歌》以后记住了很多人没有房子住这一事实的。

儿子更小的时候,有一阵一回家就抢扫帚,扫房间,扫院子,甚至扫起院里的垃圾堆来。

我是个有洁癖的人,见他围着垃圾堆起劲地扫,不免生气地制止他。他却委屈得不行:"我在学雷锋呀,老师说学雷锋就是扫地。"

儿子对幼儿园老师的话很在意很入心。时隔两三年了,他仍然对在小班时拉稀拉在床上愧疚不已。

他常常告诉我:"吴老师很生气,说不爱瞅我,因为我把大便拉在床上了。"我安慰他,告诉他只要不是故意的,老师会原谅他的。他听了不吭声,似乎将信将疑。过了不久他病了,我接他回家。他发着高烧,我守在床前用兑了水的酒精给他降温,他稍微清醒一点,立即对我说:"妈妈,吴老师没有原谅我,下午我吐了,她叫我自己拖地,样子很凶的。我拖不动,小朋友帮我拖了。"

我能说什么呢?孩子发烧呕吐,保育员却叫他自己拖地,我再巧言善辩,也无法继续向他描绘一个充满爱与善意的世界了。

现在儿子六岁了,变得结实顽皮了,如果再发烧呕吐,弄脏了教室,我想他已有力量自己拖干净地板。他在幼儿园也仍旧听老师的话,学习呀,讲故事呀,做手工什么的,也常受老师表扬。只是一回家,他常常很起劲地念不知从哪儿学来的儿歌:

小兔飞飞/远走高飞/喝杯咖啡/变成土匪。

或者是:

星期天的晚上黑咕隆咚/小熊猫的家里发生战争/他妈一开灯/他爸就抽风/他奶奶端着尿盆往外扔/他爷爷学雷锋掉进大茅坑/差点被牺牲……

我听了不免目瞪口呆,当然很严肃地告诉他这不是好儿歌,不许他再念。他似乎同意了。可是我一转身,便听见他的声音又飞扬起来了:"小兔飞飞,远走高飞……"

我常常想这些儿歌一定是大孩子编的。它如此受大小孩子欢迎(有一阵在北京的胡同里你到处可以听到),如此让孩子们作为一种情绪、一种标志挂在嘴上张扬,是很值得为人师长、为人父母者思量的。

(1993年)

巧 巧 手

孩子兴冲冲地跑来找我,叫我坐好了,闭上眼睛,然后随着他的一声"变",我遵命猛地睁开眼睛。

我看见什么了?

孩子的小手上托着一架小小的、绿色的风扇。

让我惊喜的是这风扇居然在转!

原来,孩子用旧的垫板剪成三个叶片,将它固定在一起后,再用橡皮筋做"轴",将它连结在橡皮泥做的底座上(他已经用了一整天的耐心,等待橡皮泥风干)。这样,只要像上弦似的转动风扇的叶片,手一松,叶片就会像真正的风扇一样转起来。

当然,这风扇每次只能转动十来下。

它扇过来的风大概连蚂蚁也会觉得不够劲儿。

但是,这份新鲜的创意,这份灵巧的动手能力,已让我这个做母亲的又惊又喜了。

"好极了孩子!你做得好极了!想法也很棒!唔,你真是巧巧手呢!"我的称赞脱口而出。

一直在观察我的神色、等待我的反应的孩子自然开心起来,他于是兴致勃勃地给我讲解"风扇的原理"、风干"底座"的时间等等。

我想起做父亲的常常提醒我不要过于赞扬孩子,所以想了想,把语气一转:

"你是个心灵手巧的孩子,画画呀,手工呀,都非常好。但是你有个缺点,学习不是很用心……"

"对,我做功课不如画画、做手工用心!"孩子心服口服地说,"跟牛顿一样。"他不紧不慢地又补了一句。

我一愣,他居然找了个牛顿来为自己开脱!

我找到那本讲述牛顿童年故事的书。原来,孩子只取所需,只记住了故事的上半截,下半截里牛顿在同学的讥笑下,发愤学习、刻苦钻研、凡事都问为什么,终于成为一代大科学家的经过,孩子仿佛一扫而过。

我要孩子把他所省略的下半截故事仔仔细细读了一遍,然后问他:

"你和牛顿一样吗?"

"不一样。"孩子老老实实地回答。

"那么以后呢?"

"以后我要和他一样,既爱做手工,又爱学习。"孩子很认真地说。

(1993年)

语　词

我常常喜欢向户主夸耀孩子：

"李瞻语言能力真强！他总能准确表达他的新感受、新发现！"

要不就说：

"他画得棒极了！今天张洁来,也表扬他画得好！"

当爸爸的就说：

"儿子自己的好,妻子别人的好。孩子在你眼里什么都好！"

户主常常批评我因为爱而过分赞扬孩子。他主张多批评,少表扬。

而我的看法恰恰相反。因为我觉得李瞻有些胆怯、内向,他需要鼓励。

他不是那种思维迅捷、反应灵敏,而且全面发展的孩子。

但是他的语言能力常常让我惊喜。

两岁的时候,有一天我和他散步回来,快到家时,他拿在手上的气球突然爆了。他显然吓了一跳,下意识地叫了一声后扭头对我说：

"吓了我两大跳!"

"是吓了我一大跳!"我纠正他。

"不,是两大跳!这里,很害怕的噢。"他指指心口,非常认真地说。

原来,他用"两大跳"来表达这份惊吓的严重性。

后来,有一次国外的表姐送了我一件衣服,那衣服样式很新颖,而且有点怪。我试穿的时候,正好孩子在旁边,我随口问他:

"瞻,妈妈穿这衣服好看不好看?"

他从一堆画报里抬起头,仔细地看我,若有所思地说:

"唔,很现代派的!"

而这时他还不到三岁,"现代派"这个词他只是偶尔从我嘴里听说过,根本就不知道这个词的准确含义,但是他却用得这么是地方!

前年冬天,我带他去买过冬穿的运动鞋,跑了好几个商场,都没有合适的尺寸。好不容易在大华商场买到一双,穿了不到一星期,却鞋跟与鞋帮两相分离了,孩子还因此在跑动时摔了一个跟头,把膝盖都磕破了。我带着孩子和那双伪劣运动鞋找到商场,要求退换,售货员爱搭不理,一副"货出店门,概不负责"的气概。费了不少口舌,仍无结果,最后找到值班经理。经理皱着眉头问:"穿几天了?"

"一个星期不到。"我如实回答。

"算五天吧。扣磨损费五元,其余钱照退。"经理挥了挥手,很秉公很仗义似的交待售货员。

"买了伪劣产品,孩子因此摔一跤,不但不赔偿,还倒扣磨损费,这是什么道理?"

"你要觉着没道理,你找厂家去吧。这伪劣产品又不是我们生产的。"售货员一点都不示弱。

当然不可能去找厂家,只能认"扣"。

出了商场大门,刚才一直静静地听着这一切的孩子突然冒了一句话:

"真荒谬!"

"你说什么?"

"真荒谬!刚才的事真荒谬!"

我一听,真是愕然。六岁多的孩子,一年级刚上几天的孩子,已经懂得什么是荒谬了!

幸耶不幸耶?

(1994年)

文章作法

孩子一年级的时候开始学"作文"。他写的第一篇"文章"让我这个做母亲的高兴了好一阵。

"文章"全文如下：

春天，小白兔yuē小花猫到河边去玩。小花猫拿着钓鱼竿到河边钓鱼。小白兔拿着画bǎn和画笔到河边画画儿。小花猫看见河里有许多小鱼，就把钓鱼竿儿gē到河里。一会儿，一条大鱼钓上来了。小白兔看见春天的风景很美丽，就开shǐ画画儿。小燕子在天空上飞着一边唱:春天来了！春天来了！

当时，我在这篇作文的下面加注：

这是李瞻的第一篇作文，爸爸妈妈很满意。

我们之所以"很满意"，不是因为他的"作文"好，这篇作文其实只是老生常谈，谈不上新也谈不上好，但是，作为一年级学生的第一次作文，我们很高兴地发现：他用词简洁、利落，语言之间有跳跃，没有拖泥带水、记流水账等一般爱犯的毛病,结尾还来一点抒情之笔,颇像篇文章的样子,而这些,对于初学"作文"者来说,应该说是良好的开端。

我想这个良好的开端,是得益于阅读的。

孩子所在的学校很重视文科,他们的语文教材是实验性的,有许多独到之处。他们根据汉字的特点,将同音、同部首以及近义、反义的字词放在一起,大大增加了单位时间里的识字量。虽然刚开始的时候有些吃力,但孩子们很快就适应了,而且掌握了规律。一年下来,竟然可以自己阅读课外读物了。

到二年级上学期,孩子已经可以毫不费力地读各种寓言、童话了。

李瞻就是在读了不少课外书后,才有了上述那个较好的开端的。

这使我想起每次有文学青年跑来找我探讨散文写作的捷径时,我总是建议他们多阅读,所谓"熟读唐诗三百首,不会作诗也会吟",并不是没有道理的,至少在初学阶段,它是可以使人尽快入门的。

当然入门后还有许多问题需要去面对,就不是区区"熟读"所能解决的了。

孩子写的第二篇"文章",叫做《和蜗牛结婚》,是他兴之所至胡乱涂画来的。从题材到意思,似乎都有些荒诞不经。我至今也不明白他的小脑瓜里,怎么会冒出这么一个故事来。

全文如下:

叔叔和阿姨结婚了。

婚礼上,阿姨拥抱了叔叔,叔叔很高兴。叔叔用肩膀搂着阿姨,两个人很快乐。

婚礼后,叔叔和阿姨一起去吃饭。吃快餐。快餐里有一道菜是沙拉。女的不喜欢吃(阿姨变成了"女的"),引起了男的讨厌性(原文如此)。女的就和男的吵起来,男的眼睛里顿时滚出两大滴眼泪。

女的走出餐厅,看见墙角蹲着一只蜗牛,心里想:

还是和蜗牛结婚吧!

那段时间,正是他热衷于搜集蜗牛的时期。他拣来大大小小、活的死的各种蜗牛,把他房间的窗台都摆满了。

或许在他和蜗牛亲善的日子里,他真的认为人不如蜗牛?

最近,孩子又提笔写了一篇"文章",题目是:《我妈妈这个人》。

他这么写的:

我妈妈这个人性格很温顺。她喜欢吃鱼,不喜欢吃姜。但有时候只剩一条鱼时,就给我吃。我妈妈这个人不喜欢做饭,中午常常吃剩饭。我妈妈眼睛晶晶亮的,头上有几根白头发,白发是怎么来的呢?原来是写作写累的。我妈妈老穿旧衣服,不舍得花钱,她说要把钱留给我上大学用。我妈妈爱吃蔬菜,不爱吃肥肉。我妈妈喜欢写作,不喜欢不写作。我妈妈总觉得洗碗是很tòng苦的事情。我妈妈喜欢吃橘子,老是吃不厌。我妈妈爱哭,有时候看到小朋友找妈妈的故事就哇哇大哭。我妈妈这个人好玩极了！

其中有几处让我读了忍俊不禁。比如"喜欢吃鱼,不喜欢吃姜"一句。他非常怕姜,但他以为别人是爱吃姜的,所以,有我和他"同党",他不胜欣慰,因此特别强调这一点？还有下面那句:"我妈妈喜欢写作,不喜欢不写作",也是多么可爱的儿童逻辑啊,喜欢甲必然不喜欢非甲,界限分明,是非清楚,实在也是干脆利落的一种判断。比起我们大人们来,孩子们简单的逻辑、稚拙的句式,是多么生动有趣、生机盎然啊。

难怪毕加索等好多大艺术家都很注意向孩子们学习,他们从儿童画里获得过许多启示。孩子们的想像,孩子们的思维,孩子们的句式,有时候真可以构成另一种文章作法呢。

(1994年)

家　事

熟悉我的朋友都知道我是一个非常糟糕的主妇,不是因为动作不利索,也不是因为手脚不灵巧,而是——说起来很惭愧——我压根儿就厌烦家事。每回(准确说是每天)一做起家事,我心里就像窝了一团蚂蚁似的,熙熙攘攘,烦躁之至。每回这种时候,不是很爱钱的我就会向往一下金钱这种东西,向往有了足够的这种东西,我就可以扔下这满池的盘盘盏盏,驱散心头的密密麻麻,愉悦平和地坐到书桌前,高高兴兴地读我的书,写我的字。

(这段心事在二十年前若如此坦率道出,大概马上要领得一顶"资产阶级世界观"的大帽子了。所以在抱怨时间流逝的同时,我也常常感谢时间。是它使不可能成为可能。)

以致我的先生常常感叹:下辈子结婚一定找一个女工。因为他认定妻子若是一个女工,那么他一回家,立刻有人上来替他脱大衣、递毛巾、送热茶,然后是上酒上菜,盛饭盛汤,问寒问暖,令他摆足大老爷们的气派,享尽大老爷们的福。

我告诉他不尽然,君不见男女平等四十几年,女工们早已学会了知识女性的一整套。再说女工们劳累了一天,回家后更没有理由再为男人做牛做马。

先生就宽容地笑笑,表示理解我的反击,也表示不屑和我争论。他只是一有机会就执着地慨叹:下辈子结婚一定找一个女工。

我也只好宽容地笑笑,不再追究他的这类言论。

家里惟一不指责我不苛求我的是八岁的儿子。

不但不指责,他还非常理解。很小的时候,他就会说:"妈妈爱书,不爱别的。"

我告诉他,我爱他远远远远胜过爱书,他听了很"会心",一副"当然,当然,舍我其谁"的神情。

三岁半的时候,有阿姨问他最想要什么,他脱口就说:"我要一个机器妈妈,好来帮妈妈做饭、洗碗,还有……还有……擦地板!"

这两年他大多了,会做一些简单的家务事,他就很积极地帮我擦桌子、擦窗户、拖地等等。

有时候我不忍心,叫他别做了,他就会很认真地批评我:"老师要我们爱劳动的。你不是也需要我帮忙吗?"

说得我好不惭愧。

有一阵我和先生商量买洗碗机的事,因为我们俩都觉得饭后洗碗是顶痛苦的事。孩子在旁边听了,问:

"洗碗机多少钱呀?"

"一千多元吧。"

"太贵了!"

"不只是贵的问题。麻烦的是它太大,而我们的厨房太小!"

"那就不买呗!"孩子说,"以后我负责洗碗吧。"

我当然没有真的把洗碗的事交给孩子,因为我觉得他还小了点。但是我们真的打消了买洗碗机的念头。既然孩子都没觉得洗碗是多么大的负担,我们为什么不把它也看做小事一桩呢?

(1994年)

自己的孩子

张爱玲曾经以《自己的文章》为题,写过一篇不短的文章,袒护自己的小说,驳回傅雷先生对她的某些批评(其实傅雷先生的文章中肯公允,好处叫好,坏处说坏,是感觉非常准确、见解十分精到的大批评家手笔),意思是"文章自己的好",所以她有权为自己辩解,袒护自己的作品。而对我们这一代身为人母的作家来说,我相信"自己的文章"远不如"自己的孩子"可贵。文章尽可任人评说,或好或孬,孩子却是只许好,不许孬,只许优秀,不许平庸的。这就叫做"可怜天下父母心"。

确实,很少有当父母的能够很自知之明地看到自己孩子在秉性、能力上的弱项,尤其在他们还没有上学,无法和其他孩子具体比较的时候。

我的孩子上学了,上的是一所重点学校。老师自然是很好的,认真而负责。同学呢?大都是考取的,自然"强手如林",素质都不差。有这样好的环境学习,我很替孩子高兴。

孩子也很兴奋。倒不是上了好学校,而是因为上学这件事很新鲜。从整日散漫无拘地玩闹游戏,到背着手端坐整整齐齐地高声朗读,这其中的变化太大了,大得让孩子们顿生一种成就感,并且鲜明地意识到:自己长大了,不再是满地打滚的小娃娃了。

所以孩子既认真又努力。学校里老师的话对他来说就是圣旨,从来不会遗漏,也不会说一做二的。

有了这种态度,加上自信孩子素质不差,所以我对他在学校的学习、表现很放心。

见到老师时,就不免要问问孩子的情况,一是希望有所了解,另外呢,下意识里也期待老师的称许,以证实自己的感觉。

(可怜天下父母心!)

不想几次老师都说他散,纪律不够好,发言不够积极等等。开家长会时,宣布前三名,前五名,甚至前十名好学生时,也没有李瞻的大名。

这自然很让我意外。

于是就仔细查看他的作业、试卷,发现成绩倒不差,虽然总有粗心的时候,但成绩大都在九十五分以上。

这才知道什么叫做好学校。好学校里除了有好老师,还有一条就是好学生如云。

回想我们上学的时候,九十分以上就是尖子,八十几分的是优良。五六十分才是差学生。

现在八九十分就是差的了。

于是就加强辅导。每天晚上孩子回来,我就搬个凳子坐在旁边,督促他做功课,提醒他仔细检查。

碰上他粗心大意太厉害的时候,还要打他两下手心。

至于纪律不好、至于发言不积极等,更是天天耳提面命,要他注意,不许再犯。

几周下来,孩子因粗心造成的差错减少了,平均分提高了两三分。但是纪律方面似乎改进不大,想动还是动,想走神还是走神。发言的问题呢,也依然故我,总要有十分把握才举手,而且举得犹犹豫豫,绝对没有争先恐后、志在必得的状态。

要命的是他对学习生出几分厌倦了,总是趁着客人来访时,向叔叔阿姨诉苦:

"负担太重了!"

我说:

"重什么?你们学校的作业并不多,你如果不磨磨蹭蹭的,一个小时就做完了!"

"我是说,这儿……太重了。"孩子指指心口,吞吞吐吐地说。

我这才明白,他说的负担,指的是心理上的压力。他觉得有压力。

他还常常向我抗议:

"我一得九十分,你就罚我不许看电视,肖若石得六十分,他爸爸也没罚他!"

要不就说:

"我考了九十七分,可我们班长才得八十六分!"

我批评他总向差的看齐,为什么不向好的看齐?

他翻了翻眼,没话可说,就噘着嘴去做作业。

这回作业很快就做完了。拿来一看,我差点发作!整页全是龙飞凤舞,快赶上怀素的狂草了。

不过,我想起他刚才指着心口时那份吞吞吐吐的样子,就按下火气,决定心平气和地和他谈一谈。

客人走后,我和孩子很平等地谈了一次话。

从那以后,除了听写,孩子做功课时,我不再守在他旁边督查了。做完作业,他自己会检查一遍。

纪律问题,我仍然不时提醒,但只是提醒,不再严厉责罚他了。

事实上,随着年龄渐长,他那好动好说的情况也渐渐减少了。

分数呢,自然没有我天天在旁边督查时稳定。但他都会了,偶有疏漏,我想即使大人,也是难免的。

关键是他对学习重新恢复了兴趣。他常常兴致勃勃地跑来找我们,要我们坐好,听他摇头晃脑、兴味十足地背唐诗、朗诵课文。还高兴地告诉我们:"老师夸我读诗读得好,让我领读呢!"

而我们,也常常真诚地报以热烈的掌声。因为虽然他至今仍未进入前三名、前五名,但我确信,他的语言能力是强的,而他画的画,则常常令我惊奇惊喜,由衷赞叹。我有什么理由要求他面面俱到呢?

(1994年)

强者存,弱者亡

天冷起来了。

天一冷,太阳下山就早了,越来越显得夜长昼短。孩子下午五点钟放学,到家时竟然黑得看不见路了。我本来可以三点半去接他(不上辅导班的话三点半就可以回家),但我舍不得中断每天那有限的几个小时写作,就硬着头皮仍然坚持五点才出门。

五点多钟天确实全黑了。车水马龙的大马路上有路灯车灯,照明自然不成问题。成问题的是狭窄的胡同。胡同狭窄漫长,漆黑一片,像一条蜿蜿蜒蜒不知伸向何方的黑色带。

我仍旧用自行车带着孩子。本来为了孩子上学,我特意买了一辆三轮车,并自称今后是人力车夫了,没想到学了几次,发现三轮车又笨重又费力,便很潇洒地放弃它,让那五百多元钱的东西天天呆在车棚里当"闲人"。

黑魆魆的胡同突然射出两道白光,一辆小汽车疾驶而来。我一惊,猛地向右拐,前轮撞到路边堆积的冰碴上,晃了两晃,终于倒下来,我和孩子"纷纷落马"。小汽车紧擦着我们扬长而去。

我顾不上扶车,赶紧去拉孩子,生怕他被摔着碰着,不想他自己已经一骨碌爬起来,看看我,感慨地说:

"生活真不容易啊!"

"你说什么?"

"我说生活不容易!——生活是公平的竞争,强者存,弱者亡。"

我更加惊讶了。小小的孩子,竟然说出这一套来,而且说得这么是地方!

"你这些话哪来的?"

"书上看到的。课外书。"

"你懂得它们的意思吗?"

"懂!爸爸每天要去上班,妈妈每天送我接我,不管刮风下雨,一天也不能停,多么辛苦啊!"

"那么'强者存,弱者亡'这一句呢?你懂它的意思吗?"

"强者嘛就是学习好,弱者嘛就是学习不好的人。学习好的人就生活得好,学习不好嘛,以后就生活得不好!"

我本来有一堆话要告诉孩子的,我甚至还想试着和他讨论一点小问题,可是听他这么说,我心里顿时黯然起来。

因为我不能对他说,在现实生活里,至少在目前这个阶段,恰恰是"学习好"的人生活得艰窘,"学习不好"的人倒有可能日进斗金、挥金如土的。

那么,我该怎么对他说呢?

我想起不久前有一位演艺界的朋友在贵宾楼请客,因为约的地点不准确,我和孩子没有找到他们。从贵宾楼出来,我带孩子去吃上海快餐荣华鸡,坐下来后孩子问:妈妈,为什么你不请我在贵宾楼吃饭,而要多跑一段路到这里来呢?我无言以对。

"妈妈,我说得对不对呀,学习不好的人以后就生活得不好?"孩子有些不耐烦了。

"哦,对,是的,一般来说是这样。不,以后是这样的!"我终于抓住"以后"这个词,语气坚定地告诉他,以后是这样的。因为只有这样,一个民族才能人才辈出,社会才能繁荣进步。

希望我们的孩子长大时,已经是"以后"这个阶段了。

(1994年)

另一种方式

朋友们都知道我是一个过分的母亲。所谓过分,是指母性太足,足得差不多要失去自我,一切都以孩子为第一。的确,对许多中国母亲来说,孩子的笑脸是最好的嘉奖、最大的慰藉。幸福的内容成百上千,但是,在我看来,浮在母亲脸上的微笑,是最美丽动人、最光辉灿烂的。

不过,朋友们其实还是只知其一,不知其二,他们以为我一定是个溺爱孩子的人,其实不然,很多时候,我是一个严厉的母亲。

当孩子说谎,不礼貌,不认真完成作业并且一再置警告于不顾的时候,我是会板起脸来,用棍子打他的手心的。而且,是真的打,而不是雷声大,雨点小。

当孩子不懂得体谅同学,不懂得和小朋友友好相处,甚至,事事要拔尖,处处"惟我独尊"时,我也会拉下脸来,以阴云重重的脸色,让他知道,这个世界并不是为他而设的。

因为,私心里,我总有一种隐忧,总怕这一代独生子女因为所见都是笑脸、掌声,所遇都是疼爱、溺爱,将来长大了,如何承受人生的挫折、同类的冷眼?更不要说冷峻严酷的生活本质、寥寂荒凉的人性底色了。

所以,我有意来一点"逆向教育",有意在亲情融融的家里,必要时给他一点挫折,让他意识到,生活不是处处鲜花掌声的,这个世界是需要与人共建、与人分享的。

我不知道我的这份良苦用心是否正确、是否有效,但是有一天我读到了孩子的一篇作文。

下面就是这篇作文:

每当挨打时,我就想变成小树,这样就不会挨打了,因为树妈妈没法打小树。

每当学习时,我想变成动物,什么都行,这样,就不用学习了。

可是,每当看见小蜜蜂在花丛中飞来飞去采蜜时,我又想变成小蜜蜂,这样,就可以不贪玩,爱学习了。

每当午睡时,我想变成风,在空中吹来吹去。

每当打游戏机时,我却想一下子把敌人干掉。

每当看到人家长大时,我也想变成大人,并且超过他们。

晚上,每当我上床时,我想变成爸妈,这样,就可以不睡觉,继续看电视了。

不必讳言,作文的第一段让我鼻子一酸,差点掉下泪来。

(1994年)

问　号

孩子的问题比天上的星星还多。

两岁时他问：为什么我是宝宝而不是小花猫？

三岁时他的问题是：为什么太阳在天上，我们在地上？

五岁的时候，他问我：妈妈，谁能活得比"时候"长？

到了六岁他质问：为什么妈妈不去炒股，而要写书？

八岁的时候他担心地球爆炸，他的问题是：如果地球爆炸了，我们住在哪里？

九岁那年，他最大的不平是关于长幼尊卑的，他说：为什么父母老师可以训我们，我们不可以训父母老师？为什么我们必须听父母老师的话，而父母老师却不听我们的话？——凭什么呀？

去年，他的问题更多了：

人为什么要结婚？

太阳为什么只有一个？

老师说人是猿变的，为什么有的猿没有变成人？

人为什么不能变成树？

老虎狮子有没有语言？为什么我们不能和它们说话？

人为什么也会变成商品,比如被拐卖的孩子?

等等,等等。

我有时候给他吵得头疼,有时候又被他激起了兴致——这种时候,我们就一起讨论、争论,一起寻根究底。

当然,很多问题都是无解的,或者说是无法确切论断的。每逢这种时候,我表示理解,也表示无能为力,孩子却不肯罢休。"为什么呀?为什么没有答案呀?所有的事情都应该有答案的呀!"孩子愤愤不平。

我想这就是成人和童稚的区别。成人曾经沧桑,历尽艰窘,了悟世界的深奥莫测,人生的混沌无序,事物的模棱两可,所以成人不再追问逼问,一意孤行。而孩子们的心灵纯真空白,他们信任秩序,信任道理,认定一就是一,二就是二,白就是白,黑就是黑,所以他们不能容忍模棱两可、似是而非。

有时候我真不知所谓成熟是好还是坏,是升高还是下坠,因为在你理解的时候,你已不得不放弃许多。

你放弃了从童年就建立起来的关于人、关于生活的种种泾渭分明的信念。你不能再坚持"径直",而必须接受"圆",因为你置身其中的地球是"圆"、是混沌、是迷蒙……

你还须放弃许多梦想——简·爱的梦想、屈原的梦想、柏拉图梦想、乌托邦梦想……

也许,人从不由分说地被扔到这个世界上的那天起,就已经注定,除了承接、承受外别无选择。

当人类的英雄奋起反抗时,他的意义不在反抗的结果,而在反抗本身。

就像孩子们无休无止地发问时,虽然常常无解,常常无功而返,但发问本身,已是意义。

如果有一天人类连问题也没有了,不怀疑,不思索,不穷经皓首,寻根究底,那么人类可能就真的走到尽头了。

(1994年)

规　则

　　我非常喜欢读孩子们的作文,因为它们常常无视规则,兴之所至,而且天真烂漫,童趣盎然。孩子们的文章里常常很天然地浮动着成人社会所刻意追求的新奇颖悟、纯真质朴。

　　我的孩子九岁时曾写过一篇《自述》,每回重读,总是让我发出会心的微笑。

　　他这么写的:

　　　　我是一个爱做手工的"boy",我发明过:挂表机,纸手枪,金色战舰,弹簧秤……

　　　　最好看的是那艘金色战舰。它是用方便面的盒子做的,然后,再把金色箔纸包在战舰的外面,所以,看上去金碧辉煌。妈妈说,如果开着这艘战舰去打仗,准会百战百胜。因为它太美了,敌人被迷住了,一心只想得到它,而这时,金色战舰已经悄悄进入了射程——它突然发出一串鱼雷,一下子就把敌舰炸沉了!

　　　　我喜欢和那些会下象棋的"哥们儿"下几盘,虽然我的棋艺比不上象棋高手,可是也能赢中级水平的人几局。

我长着密而浓的,也就是被邻居喊做"蓬头鸡"的头发。一双经常又红又热的耳朵,挂在头发下面。对了,还有个老爱流血的鼻子,长在脸的正中间。两条细细的腿,支撑着整个身体——这就是我在镜子前看到的景象。

我特别爱看《守护神哈特》这部动画片。不仅因为整个片子活泼,幽默,而且因为它的主题歌是我录音的最佳内容。《守护神哈特》虽然有三十三集,但我集集都记在心里。

除此之外,我还喜欢种植植物。一年前,爸爸从福建带回一株小榕树,如今,在我的细心照料下,它已经长得枝繁叶茂了。

我虽然有许多优点(比如节约、自立、爱看书等),但还有一个最大的缺点——粗心。爸爸说,如果你将来是一个建筑师,而你还是这么粗心大意的话,你设计的大楼就可能因为计算上的一个小错误而倒塌!这话使我胆战心惊。我一定要把粗心这个毛病改掉,争取将来设计的大楼不会出问题。

我当然欣赏这篇作文,我说这篇文章能得优,可是九岁的孩子却不以为然。他甚至不想拿它当暑假的作文交上去,而宁愿另写一篇。他头头是道地告诉我,这样的作文主题不够突出,思想不够鲜明,结构不够完整……这样的作文不可能得高分。

我将信将疑,因为目前中小学的作文教学状况我不了解,或许他们受着教学大纲的规定,有自己必须强调的原则?但是我想到我的学生时代,想到那个年代我们作文簿上充斥的干巴巴的口号和高帽、干巴巴的理想和信条,便明白无论如何,时代是已经往前走了。当年的我们,是绝不可能写儿子这样的文章的——不要说得分高低,单是我们那僵硬的脑瓜、干枯的心灵,就决不可能冒出这样生动有趣的想法,写出这样生动有趣的文字。

更不要说《自述》这样富于个人色彩的题目了。

(1994年)

如今谁最忙?

因为是作家,又因为是社会主义体制下的作家,所以多年来我不必为生计去四处奔走、起早摸黑——当然前提是你对生活的要求不高,有饭吃,有房住,有车骑已满足。又因为夜里常常睡得晚,早晨不免睡懒觉,所以儿子一早上学走了,我往往还在床上躺着,日久天长,孩子产生了一个印象:

全家就属妈妈舒服。

有一天,一向蔑视写作的儿子突发惊人之语:我长大了也要当作家!

问他为什么,他瞄瞄我,似乎嫌我明知故问。他说:当然是因为作家可以睡懒觉啦。

我哭笑不得,我说,写作并不轻松,你以为写作是舒服的事?

儿子不以为然。儿子说,那总比上学舒服吧?

我一时无话可说。

细想起来,孩子的话自有缘由。

前些天,我们附近一个学校组织学生观看邓小平追悼大会实况转播,五十分钟的肃立,一个班居然有三个女同学体力不支,当场昏倒。

我听说后不胜感慨。人民大会堂里那么多耄耋老人,他们肃立一个小时尚能支持,十来岁的小孩子,倒反而弱不禁风了!

现在的孩子,营养比过去好,保健比过去好,居住条件比过去好,得到的关心呵护比过去多,他们实在没有理由如此弱不禁风的。

但是事实是他们的确弱不禁风。

症结在哪里呢?

其实大家都知道症结在哪里。家长知道,学校知道,教育主管部门知道,可是,和中国的许多事情一样,一目了然的事情,就是无法一目了然地解决。

一个三年级以上的小学生,他最迟需要六点半起床,洗漱、早餐,然后急匆匆赶到学校。在学校呆一整天,下午四点多放学。回到家,喝点水喘口气,就又接着做作业,一直做到八九点钟才算完。碰上期中期末考试,八九点钟还停不下来,往往要到十点多,这时,他们已经累得筋疲力尽了。不要说根本没有时间玩,没有时间到户外活动,甚至连必需的睡眠,有时都难以保证。长此以往,孩子们的体质如何能不差?他们的视力,如何能不急剧下降?

有人说如今就属孩子最忙,这话真是一点不错。大人工作一天,晚餐后尚可完全放松,看看电视,听听音乐,读读报,孩子们却还要忙背书,忙作业,忙手工。双休日大人一般也都不再工作了,运动,休闲,串门子,孩子们却仍旧是功课,功课,功课……

前天看电视,看到一个关于中小学教育的节目,里面列举了如今这种应试教育的诸多弊病,主张将应试教育转为素质教育,我心里顿时雀跃起来,心想总算有转机了。不想节目结尾时,主持人却告诉观众,中国的教育要完成这一转变,至少需要三十年时间……

我辈孤陋寡闻,不知道为什么应试教育转为素质教育需要三十年时间,难道这一转变需要几百亿几千亿投资?不知道为什么谁都知道应试教育弊病多多,于学生,于教师,于社会,于民族多有不利,却仍然日复一日,乐此不疲?

我所知道的只是,如果这种体制不改革,将来中国社会恐怕满眼都是近视眼、书呆子了。一个体质孱弱的民族,一个只会应付考试,不知创造为何物的民族,它的前景,会是什么样的呢?

(1994年)

儿童崇拜

听说儿童崇拜也是一种病症,这使我十分惊奇,因为自己差不多也是一个儿童崇拜者。现在各式各样新冒出来的病特别多,而且往往稀奇古怪,莫名其妙。比如肠胃感冒,比如鹅口疮,比如疯牛病等等,其闻所未闻、标新立异的程度几乎可与热衷艺术革命的年轻艺术家媲美。当然儿童崇拜不像它们,儿童崇拜如果是病,那也是源远流长、传统深厚的了,古今中外,都有不少父母、师长、诗人、艺术家程度不等地患有这种病。

比如冰心,比如丰子恺。

再比如毕加索。

冰心的《寄小读者》把她对于孩子们的温馨情怀、温柔礼赞表达得淋漓尽致,丰子恺的《给我的孩子们》则充满了对于幼小生命那新奇世界的发现与赞叹。而毕加索呢,他更是以儿童为先知、为楷模,他的作品有不少就是从儿童那里"偷"来的。

他乐此不疲。

孩子们的确具有某种天赋。我的孩子五六岁的时候,一时兴起,在拣来的石头上画了许多画,这些画至今让所有看到它们的人赞叹不已。因为它们是那样浑然天成、稚拙可爱。它们情趣盎然,又不可思议地具有某种抽象意味,其中一个画在残砖上的头像,简直具有梵高之风——而五岁半的他,从来没有见过梵·高的画!

每天晚上当我掸掉一天的劳累,静静地躺到孩子身边时,我总是立刻就闻到孩子身上的芳香。孩子们奇妙地具有某种醉人的芬芳。我想每个母亲都不会忽视这种芳香,她们一定也如我一样,常常如饥似渴、心旷神怡地吞吃这种芳香,并在心灵深处深深地感激它们,朝它们顶礼膜拜……

而孩子们睡梦中的憨态,在我看来,是天底下最美丽的图像、最动人的景致。

我常想,或许我是一个最没出息的女人。当我在外面的世界里,无论获得多大的成功还是领教了多么惨痛的挫折,一回到孩子身边,那一切都不算什么了。孩子的笑脸是一份洁净剂,它把你的心变得简单、纯粹,外部纷扰的一切,瞬间已成过往。

而当我不由自主,被周期性的沮丧低沉所羁押的时候,孩子的笑声和笑脸,又成了一剂强心剂。它使我记起母亲的角色和责任,使我毅然站起,抖掉周身的沉寂与低落,重新还原成正常的人。

记得孩子四岁时,电台曾到他们幼儿园录制节目,事后送了每个家长一盒磁带。每次重听这盒磁带,我的内心都会涌出一种浓郁的崇拜之情——孩子们的声音,赛百灵,赛天使,它是人类最纯洁、最优美、最余音缭绕的歌谣。

我不知道这种崇拜是否真算病,也许持此说的人不无道理，因为崇拜童年的人至少是孱弱的、稚气未脱的。可是想想如今一切都是那么老谋深算、强悍暴烈，有一点稚气，有一点孱弱也许无妨。它或许可以起一种调节，让被庞大的网络和庞大的机器弄得也日益网络化、机器化的人类，多少回到一点本真，几分纯粹。

（1994年）

一 封 信

亲爱的儿子，

　　昨天你一直没有联机，让我等了很久，本来想在MSN里和你讨论一些问题的，但是看来你时间也很紧，还是先给你写封信吧，等你空些我们再联机讨论。

　　近来我想了很多事，有些和你无关，有些和你有关。这里就说和你相关的吧。我们曾经讨论过你的人生方向、专业选择、将来的去向等等，但基本上都无定论，因为你年轻，很多想法尚未成熟，而我又愿意让你自己慢慢想清楚，自己找到方向。不过近来我非常强烈地感到，人的一生其实并不漫长，十年二十年一晃就过去了，有丰富创造力的时期更是有限，所以一个人确定他的方向时，首先要考虑的应该是如何善用他的时间、生命、创造力，做最有意义的事，并且不断拓展、充实自己，使自己内心饱满，精神丰富，既有宽广的知识，又有超拔的人格。我想，最有意义的事应该是富于创造性，同时能够造福他人、造福社会的。这应该作为择业的第一标准。

　　第二个标准，则是应该适合自己的潜质与兴趣。这一条也很重要，因为只有这样你的努力才会更有成效，你的人生也才会快乐。一个人如果从事的是他不喜欢而他在这方面也没有天赋的工作，那么他的人生在我看来几乎可以说是不幸的，不管他所获得的报酬有多高。现在不少青年选择专业几乎不考虑这一点，只是一门心思选择热门的、将来能获高薪的专业。我觉得这里有很大的误区。当然人各有志，你不能说别人那样做是错的，但是我们自己应该有更好的标准。你想假如你一年能挣一百万，但是你必须整天做鸡零狗碎、婆婆妈妈，甚至是勾心斗角、尔虞我诈的事，你会快乐吗？(除非你生性婆婆妈妈，阴暗鬼祟！)反过来你一年只挣十万二十万，可是你做的是你喜欢的、有创造性的、能够发挥你的天分而且又能造福于他人的事，相信你能体验到很多幸福，包括创造的喜悦、助人的快乐，包括昂扬的精神、清明的内心等许多属于精神层面的东西。

这里其实还包括了一种情境，即当你工作相对单纯(比如科研、教学等)，内心也比较清明时，你才有余暇有心境去领略、体验、欣赏生活中各个层面的美，比如音乐、美术、文学，比如运动、旅游、宗教生活等。假如你整天为了生意疲于奔命，忙于应付各色人等，周旋于各种利益之间，相信你内心的疲惫将吞噬掉许多美好的感觉、触觉。

当然我不是说商业人士都是这样，这全视个人的气质而定。有的人天生就是商业奇才，经商对他们来说就是适得其所，他们能够从中得到巨大的乐趣，也能获得巨大的成功，忙碌的、琐碎的、富于压力的生活正是他们热爱的。当然他们也要为此舍弃很多，但是他们心甘情愿。这种情况下，你不能说他们的选择是不当的。

不过你显然不具备这样的气质，也许我们家几代人里都没有这样的气质。以我对你的了解(就像了解我自己一样),我觉得你还是很适合做研究的。你是善良,正派,有同情心,乐于助人,不利益至上的;你也是能够专注于某项事情,不虎头蛇尾,不见异思迁的;你的智商也不低,又有创意,做研究是很合适的。找到自己喜爱的方向,锲而不舍地做下去,你一定能做出成绩同时享受到巨大乐趣的。

我觉得李开复叔叔就是你的榜样,希望你能多请教他(当然是在他有空的时候),多跟他学习(你很幸运有这个可能)。他是你现成的导师,无论专业上还是精神上。

微软亚洲研究院的几位专家也都是非常优秀的,比如你所熟知的张亚勤、沈向洋诸位,他们都是你的榜样。

计算机是你自己选择的专业,你曾经非常迷恋它,由于学校相对落后呆板的教学,也由于你自己成长中的某些原因,你一度对它感到厌倦,所幸你现在又重新找到感觉了.我希望你再也不要游移了,坚定不移地走下去,记住"科技改变生活",你现在的努力、将来的研究,有可能使人类的生活变得更单纯、更迅捷——即使只为这一点,也值得你倾全副心力了。

我知道《追随智慧》那本书是你喜欢的,创造性的工作更是你所钟爱的,只要你持续地努力,你完全可以达成你的目标。我对此毫不怀疑!

希望你很快有时间联机。

妈 妈
11月14日

改变一生的一句话

"这是我妈妈。"

一直在电梯前和一位安详的妇人谈话的刘小雁(她是我在师大的同学)见我从楼梯上走下来,向我点点头,随便介绍了一下,便又回过头去和她母亲继续她们之间的亲密谈话了。

我却怦然心动。刚才在楼梯上,我就被弥漫在她们之间的那种亲密、亲切、亲情所吸引,缓步下楼时一直在注视她们。现在,我知道了,我注视的是一对母女。

决定不生孩子已五年的我顿时明白,我其实多么希望这样的情景:一个你生养的孩子,一个与你齐肩高的孩子,一个你能与之亲密谈话的人。他是你的骨肉,也是你的朋友,还将是你的生命在这个世界的奇妙延续……

整整诞生了五年的决定在这个瞬间被彻底推翻了。

现在,我的儿子已经八岁了。我常常回想起九年前小雁那漫不经心的介绍。一句淡淡的"这是我妈妈",使我沉睡多年的母性骤然苏醒。

而儿子的诞生,所给予我的是任何书本、任何课堂都无法给予的。

那种深邃的、本然的、无需任何前提的爱,那种时时环绕、无所不在、牵肠挂肚的惦念,那不畏困苦、不需回报、心甘情愿的奉献,还有那对生命的珍爱,对族类的责任,对邪恶的痛恨,全部的原因只是一个:你是一个母亲。

甚至我的写作也深深得益于这一点。母性之血使我的目光变得深沉、博大,使我的性格变得完整、坚忍,使我能够不断战胜骨子里的忧郁与厌倦,重新热爱生命,热爱生活,热爱这个虽然千疮百孔却也丰富丰饶的喧哗世界。

(1993年)

女人花钱

　　我的孩子写过一篇"文章",其中有一句话:"我妈妈老穿旧衣服,不舍得花钱,她说要把钱留给我上大学用。"这句话曾经使好几个朋友捧腹。她们笑话我是乡下大嫂,早早地就省吃俭用,为的是给尚在蹒跚学步的儿子积攒盖房子、娶媳妇的钱。她们说没想到我这样一个开化的人,居然有这样古老的、冥顽不化的、不可思议的思想。

　　我也深感惭愧,因为我的确有这样的想法,而且也知道九十年代的今天有这样的想法的确可笑。我常常想,我其实不该这样可笑,我其实应该潇洒一些。"儿孙自有儿孙福,不为儿孙做马牛"嘛,我为什么不能暂时放开一下母亲的角色,做一回完完全全、痛痛快快的自己?

　　不过,存在决定意识这句话真的是对的。你既然已经是母亲,你就无法摆脱母亲的意识、母亲的角色。当你面对一套漂亮的昂贵的时装时,尽管在此之前你已不止一次地决定潇洒一下,你还是不免要犹豫,不免要在心里嘀咕:

　　这样的衣服值这样的价钱吗?这样的价钱穿在身上值得吗?

于是,早早就制定的购物计划草草收场。

那些式样不新、质地却不错的衣裙于是依然故我地、百看不厌地重复"上演"。

先生于是也嘲笑我,他说我是冥顽不化,不可救药,是京城里的"黑黑的嫂子",是……

他没想到我也振振有词。我说:

我并不是该买不买,而是——我特别加重语气——而是,不该买的不买,不值得的不买,不需要的不买……你看我衣柜里有那么多的衣服呢,我再乱买岂不是要开时装店了?

在我的坚持下,先生打开衣柜(他已好久没看我的衣柜了),随便瞟了一眼之后,他惊讶地说:

原来你有这么多的衣服!——可是怎么没见你穿呢?

他忘了我整天坐在电脑前,大部分时间衣衫不整,蓬头垢面,当然没有多少机会展示我的服装了。

(1995年)

感觉与印象

在我们闽南老家,没有"胡同"这一"称谓",我们老家的胡同叫做巷子。厦门岛上的巷子曲曲折折,蜿蜒缠绵,常常令童年的我突发奇想,以为沿着这整洁静谧、幽深绵长的巷子赤足走去,便可抵达叫做天堂的另一重世界。

那时我的外婆刚刚故去不久,信奉基督教的长辈们安慰我时,总是告诉我外婆到天堂去了,我们以后也要到天堂和她重逢。至于如何到达天堂,长辈们却没有说。

于是,当我坐在鼓浪屿姨妈家的大门前,望着那从我跟前逶迤而去的幽静小巷,听着漂浮在小巷上空的袅袅琴声时,我就无端地认定这样美丽静谧的小巷是通向天国,通向亲爱的外婆的。

所以,当我后来从红砖绿瓦、起伏有致的厦门岛迁居到四方方灰蒙蒙的北京城时,北京的胡同自然给了我十分强烈的印象:

北京的巷子竟然是这样肥肥大大,平平整整,规则有致的,竟然是一点都不旁逸斜出、逶迤缠绵、幽深僻静的!

我当时觉得北京的巷子简直像直筒筒的烟囱,太无灵气,太少浪漫,也太缺乏诗意了。

后来我从团结湖的住宅小区搬进东城的一条胡同里,在胡同中央的一座砖楼居住了六年多(迄今为止)。我仍觉得,我的第一印象没有错,北京的胡同是失于平实单调了。

甚至不仅仅平实单调,它在风雨交加的时候、烈日炎炎的时候,还会向你传递或落寞冷峻、或肮脏朽烂的气息,让你感到压抑,感到无奈。

在那一个个愤懑而又无奈的日子里,我曾经用这样的文字记述我当时的心境:

"我穿行在狭长肮脏的胡同里,头上是天空地上是痰迹,左边是成排的垃圾筒右边是此起彼伏的厕所,我不知道自己什么时候能够走出这盲肠一样的胡同,不知道这一带的胡同在雾气如网的夜幕下是否会突然纠结缠绕到一起,使我永无走出的可能。但我知道我很想回家,虽然家中也没有月光,虽然家中的窗户一样洞开着,雾气臭气如常涌入。我明白我此刻若不回家,我的肉体将会迷失,我的灵魂将会分裂,这无边无际的夜色将会一点一点把我吞没。"

现在想来,我是让北京的胡同替人受过了。

也是那两年里的一个黄昏,我从外面骑自行车回家。一拐进胡同,忽然听到满胡同的儿歌:

星期天的晚上夜茫茫,
捡破烂的小孩排成行,
警察一指挥,
藏进垃圾堆,
破鞋子破袜子往你嘴里塞。

要不就是：

> 小河流水哗啦啦，
> 我和麦克去偷瓜，
> 麦克偷仨我偷俩，
> 麦克逃跑我被抓。
> 麦克在家吃西瓜，
> 我在法院写检查。
> 麦克在家嗑瓜子，
> 我在牢里挨鞭子。

孩子们这里一拨那里一拨地边跳皮筋边唱，唱得理直气壮，兴高采烈，仿佛唱的是冠冕堂皇的《祖国颂》。

我很奇怪，不知怎么突然冒出这么多荒诞不经的儿歌，朝坐在四合院门口纳凉的老大爷打听，老大爷撇撇嘴，拖长了京腔说：

"你——自个儿想嘛。"

我心里一热，不再多问。翻身上车后，胡同两边低矮的四合院缓缓从我两侧退去，孩子们清脆的声音此起彼伏。我发现我曾经那么批评过的这种肥肥大大、平平整整、规则有致的北京的巷子原来并不丑陋，它是这样亲切有味，充满了一种厚重厚实、无可言说的美。

（1994年）

古老的话题

　　大概是四年前,一个阴冷的冬春交替的季节,我陷入了一场"生存危机":我突然久久地、无法抑止地纠缠起一个本该忘却的问题——活着还是死去。一向快乐、盲目的我突然发现世界如此陌生:宇宙广阔无垠,人类孤立渺小;人自诩为天地灵长,万物主人,其实和蚂蚁、昆虫一样脆弱渺小不堪一击;人生漫长,可是人生也空洞短暂,而且命定地一步一步走向死亡……生活的本质仿佛一夜之间全部裸露了,我惊惧惶恐,不知所措。整整一个早春季节,我都沉溺在绝望的冥想与沉思中……

　　有些问题似乎也怕想深想透。当它模糊不清时,我们惧怕它、忌讳它,一旦想透了,理清了,它的魔力倒也消失了。

　　那时候我苦苦思索的是死亡问题。既然生命是强加给我们的,我们是于浑然不觉中被抛到这个世上来的,而且也将别无选择地一步一步走向死亡;既然生活是如此的周而复始,不断重复它的琐碎与平淡,我们为什么不反抗一下,做一个决定自己生命的人?

　　可是再深究一层,你就会发现,所谓反抗其实不是反抗,所谓自决其实也不是自决。因为当你以主动结束生命来反抗生命的不由自主时,"人终有一死"的前提已横在那里,你的反抗只是这种前提规定下的反抗,你的选择只是别无选择的选择。很简单的道理,既然生是无谓的,死又怎么样呢?

何况生命自有天年,自会终止,人类惟一能做的便只有顺应自然,走完生命的全过程,并在这个过程中,尽可能地使它丰富丰满、有益有义……

一个偶然进入我眼帘的日本电影强化了我的这些想法。那部影片当时正在电视台播放,片名叫什么已经记不得了,只记得一个日本老人,为儿子女儿辛苦了一辈子,最终还是孤独一人守在老家。年关将近,为了迎接回家探亲的儿女,他自己动手打井引水盖浴室,终于在除夕夜和未完工的浴棚一起被压在厚厚的积雪之下。寒冬腊月,浴棚又远离村舍,重伤的老人好几次濒临冻僵冻死的边缘,但他极力自救,百折不挠,终于熬过漫漫长夜,直到人们闻讯赶来……老人那身处险境绝不低头、顽强求生的精神几乎象征了人类不屈不挠的一面,显示了生命的庄严与高贵。

这部影片令我感动也令我深思,从那以后,我不再问自己"活着还是死去"这个古老的问题了,而是将注意力集中于"怎样活着"、"怎样使生命充实丰满、充满创造的荣耀"的问题上。因为我终于明白,人其实是无权决定生命的,人所该抉择的是自己的行动,是一己生命的质量和轨迹,至于生还是死,祸或者福,那是上帝的事,上帝自会安排。

(1993年)

我的家在哪里

一位年轻的朋友来访,谈起刚去世的数学家陈景润的轶事,彼此都感慨不已。

陈景润殚精竭虑,终日埋首数学王国几近不食人间烟火,他给妻子的见面时间是固定的:每天二十几分钟。给儿子的则是每周三次,每次二十分钟。他也从来不管柴米油盐,家长里短。可是有一天,他心血来潮,突然自告奋勇要帮妻子买菜,就下楼去了附近的菜市场。随便转了一下,什么都还没买,他又惦着回他的书房了。

可是,他已经找不到来路了。他转啊转,怎么也找不到离菜市场只有几十米的家。开口问人吧,他又说不出家里的门牌号码,只好逢人就问:

"我的家在哪里?"

路人一听失色,以为这个人脑子有问题。

再说,我家是谁家呢?

陈景润似乎意识到这一点,于是加了一句:

"陈景润家在哪里?"

这时正好过来一个认识陈景润的人,他笑了,说:

"你不就是陈景润吗？"

于是,这个认识陈景润、了解陈景润,而陈景润对他一无所知的人,像领小孩似的,将陈景润领回了家。

陈景润的妻子,从此再也不敢放他单独下楼了。

陈景润于是更加深埋于他的数学王国中,更加不曾在人世间走动呼吸了。

来访的年轻朋友说,像陈景润这样智慧超拔、心灵简单的人,若不是学有专长,成就突出,因而得到社会和家人的特别照顾,他如何能够在复杂诡谲的人世间立足、活动呢？

我则想,陈景润若不是这样心灵简单,思想清纯,除了数字、数学外一无所知,他又怎么能几十年如一日地"钻牛角尖",并且在这"牛角尖"上取得世人瞩目的突破呢？

而且,说不定上帝就是为了"哥德巴赫猜想",才创造了陈景润这个人——这个毕生保持着儿童般单纯赤诚,却又体现了人类高超智力的人,这个真真正正用特殊材料制成的人。

（1996年）

也说足球

我从来不是真正的球迷,至今也不能算是,世界杯战报频传、烽火连天有一段时间了,我才不无偶然地通过荧屏看了一场球,这一看就彻底被吸引住了(从此我像个准球迷似的一有机会就盯着电视屏幕)——原来足球有那么大的魅力:力量、速度、智慧、灵感、默契、创造力,以及不可或缺的协调合作、自我奉献……当然,又是那么不可避免地挟带着人类的陋习:诡诈、欺骗、功利、谋算……

赛场内如此,赛场外也概莫能外。球迷们的掌声、哭声、笑声、嘘声,他们的或欣喜若狂、忘乎所以,或伤心欲绝、相视无泪,以及足球流氓的鸡飞狗跳、寻衅滋事,既演绎着人类的美丽激情,又展现着人性的种种局限。

在这个越来越机械化、网络化、等级化、物质化的世界,足球使人类终于暂时将那些机械、网络、物质扔到一边,将金钱、权力、等级扔到一边,团团环绕在绿油油的赛场周围,欣赏同类生气勃勃、井然有序同时又变幻莫测、前途未卜的较量。在这里,总理和平民一起焦灼,资产者和流浪汉共同欢呼,无论美丽还是丑陋,胜利还是失败,每个人都沉浸在人与人、人与自然的单纯关系中。

在这一点上,足球是伟大的,何况在它至高无上的统治下,人类俯首奉上的,激情远胜于谋算,美丽远多于丑陋,创造力远大于功利心。它让人类的力量发挥到极致,也让人类的意志经受最极致的检验。

缺乏英雄的时代就这样诞生了英雄。

纵横驰骋、如入无人之境的球星们把同胞称雄的梦想射入球门的刹那,也把自己矫健的身影射进了球迷的心。虽然在本届世界杯的看台上,我们是没有立场的看客,即使我们有机会坚持我们的民族立场,我也要承认,我多么喜欢进攻中旋风般卷过中场、势如破竹的巴西队,多么欣赏泰然自若的克罗地亚队、顽强坚执的巴拉圭队,而罗纳尔多的行云流水、动如脱兔,图拉姆的淳朴执着、浑然天成,苏克的胸有成竹、"刀落血溅",更是使足球在我心里,从此大放异彩。

很遗憾刚刚写完本文,就目睹了我喜欢的巴西队在决赛中的惨重失败。雅凯这只"老狐狸"太有胜算了,巴西队在他的钢铁意志和精妙的运筹帷幄下无计可施,只能束手就擒。0∶3的败绩不仅使巴西人,也使众多的巴西队的拥趸黯然神伤。

(2000年)

关于生活

自从我的孩子降生后,对我来说,生活中最重要的事就是儿子的哭声或笑声,他的饭量,他的学业,他和小朋友是否闹别扭了,他是否仍旧想着要"和蜗牛结婚"(儿子热衷于搜集蜗牛时曾热情地宣布长大了要和蜗牛结婚)。

从某种意义上说爱情是一种青春激情,一种近乎善与美的理想,它强烈有力,美丽炫目,但本质上却虚妄脆弱,不堪一击。

我更欣赏这样的情景:两个成熟却孤独的心灵尽可能地互相守候,互相慰藉,互相扶持,一起承受、抵御宇宙间的鸿蒙荒凉,并使彼此的一生尽可能地充实、愉悦。

最喜欢独自一人呆着,读书或写作。
最不喜欢的事是"谈情说爱"。当然还有饭后洗碗。

我喜欢朋友,虽然我不喜欢热闹。北京、天津、大连、武汉、广州都有很好的朋友,想到她们心里总是感觉很好。有时一冲动会突然跑到邮局打个电话给她们。我相信人与人之间确有投缘不投缘之分，确有真正的友情。

不过我非常讨厌"假朋友"，就是那种口口声声称朋友，但心里一点友情都没有的人，甚至是满口友情其实满怀嫉妒、满腹恶意。我认为这种状态很丑。

喜欢是因时而异、流动变化的。总的说有三类书我会永远带着欣喜之情迫不及待去阅读的，这就是文学、哲学、美学。当然是它们中的优秀之作。

最常读的书是《新旧约全书》。

如果我有足够的钱，最想实现的愿望是买两间自己的房子。只需两三间：最好是木头房子，有围墙，有一小块草地。总之希望有一块能和自然接近并与他人隔开的小天地，而不是像现在这样上下左右前后都是"他人"，并在写作时一方面要躲开对面中学的琅琅书声，一方面要将后面的"车辚辚马萧萧"严严实实关在窗外。

不过，如果我一年的稿费还不及我妹妹家一个月的电话费高这种现状不改变，我这个关于房子的愿望当然永远只会是一个愿望。

最厌烦的事是陪不速之客谈无聊的事。

如果就生活的表面意义来说，我想我是常常厌倦生活的。生活对我来说是无限循环的买菜做饭，日复一日的接送孩子，是左邻右舍的家长里短，以及灰秃秃的楼道、脏兮兮的胡同、闹哄哄的自由市场。它缺乏阳光、草地和娱乐，是那么琐碎、平庸、无意义。我常常惊讶自己竟然日复一日地过来了，没有反抗，也没有过多的怨言，就把它作为必须的模式、必然的模式承受下来了。

不过，当我回到寂静之中，满怀喜悦地阅读一部又一部自己心仪的书，通过手中的笔一次又一次地探寻内心拓展灵魂时，我对生活充满了感激之情！我感谢有这样一份独立、自我的生活，有这样一份驰骋想像、驰骋智慧的生活。说实话，与之相比，上述那种种平庸、琐碎、简朴全都不算什么了。

应该承认我常常沮丧，但不是那种受挫后的沮丧，而是一种生理性的低落。我体质不大好，心脏也有一点问题，遇到天气不好，或者饮食上过寒过凉，常常会陷入一种茫然无措、忧郁低沉的状态。这种时候真是万念俱灰，一下子抵达最本质的悲哀与无奈，这也是为什么有时我会非常渴望结束。我常常想我的血液里大概既有艺术家的狂热激情又有僧侣的透彻平静，而我的生命就在极度兴奋和极度沮丧中摇摆。不过最近我明白了一点，即：此生的艺术生命是在同低沉沮丧的搏斗中发展的，如果我想多有建树（虽然它也是西绪福斯手下的石头），我就必须尽可能地压抑摆脱那份沮丧。好在现在我已经懂得如何控制它了。这一点要特别请很多关心我的读者朋友放心。我非常感谢他们在来信中表露的殷殷之情。

一天中最放松的时刻是工作了一个上午腰酸背疼之后躺到床上，随便翻新到的书报杂志。这时候我觉得生活可爱极了。

（1994年）

序 与 跋

《白太阳》自序

在我的孩子未能倾听乃至阅读时,我几乎从未意识到儿童文学作家是多么重要,多么不可或缺。现在,不,准确说是几年前就开始了:面对孩子无尽的对于歌谣、童话、故事的渴望,我是那么强烈地感到某种遗憾,即,我不曾多为孩子们写些东西。

也是从那时起,我对儿童文学作家肃然起敬。当我的孩子每天捧着高洪波的诗、郑渊洁的童话,并且真诚地感激、崇敬他们时,我知道写作人所能得到的最好报偿非儿童文学作家莫属了——世上有什么比孩子们纯真的信赖、强烈的共鸣与感激更美丽的呢?

我尤其遗憾我的童心与诗意多已逃遁。当我提笔努力想为孩子们写作的时候,我发现我所能做的十分有限:一组散文诗,一些适合孩子们阅读的散文,比起我希望为孩子们那五光十色的心灵世界贡献的,实在太微乎其微了。

所幸这些文字虽然微弱,毕竟仍是真诚的,它们记录了我在少年时代的体验、想像、认知，也沉淀了我自少年时代起便不曾中断的对于自然、人生的思索和憧憬，希望它们不论在文字上，还是在认识生活方面，都对可爱的小读者们有所裨益。

《流放者》跋

编完本集，惟一令自己欣慰的是，随着年龄增长，阅历加深，思想日趋成熟，总算超越了《女儿梦》时期那温馨美丽却不免单薄的女儿情怀，渐渐凝重厚实起来。风格的变化其实正是心灵的变化。对我来说，与心灵的挣扎寻觅相关的还有文体的寻觅。从《并非梦幻》开始，我试图致力于散文新形式的寻找。我希望扩展散文固有的形式，使它更有生气，更富于表现力，更适于再现当代人的思想与心灵。我尝试过如水一样流动、能够自由分割时空的更自然、灵动的文体，我相信这样的形式更适于展现驰骋的、百感交集的心灵，也更切近循环往复、生生不息的时空本质。我也尝试着把笔触伸展到深层的意识流动中，试图"块状"地传达特定氛围里的多重自我。当我面对人生的荒诞与错谬，面对那些下笔时从笔端自然喷涌出来的超现实的瞬间幻象时，我不再视而不见，而是如实地把它们记录下来、表现出来，使笔下的世界更集中、更强烈，从而也更真实和广泛。

总之，我只是希望趁我还不太老，还有创新的冲动与能力时，尽可能扩展散文的表现领域与表现力，使散文这一体裁不仅能写实，也能写虚；不仅能表现写作者某种真切实在的具体发现，也能传达出作者特定情境下那种朦胧、飘忽的雾样感觉,再现种种或线型或块状或泥沙俱下滚滚而来的心灵震颤。

这本集子里还有一组相当写实的文章,那是关于我的故土、关于我的父老乡亲的。我从来相信一定的素材要求一定的形式,因此,当我将目光投向我的那个狭小却丰富异常的闽南小镇时,我的笔触自然也凝重起来,具体起来。

只有在创造的时候,我们才感觉到生存的意义,就像只有在爱的时候,我们才感觉到灵魂的舒展与欣慰一样。当我们回眸于连绵不绝的广阔时空时,我们惊骇地发现,动物性生命在这广袤的天地间了无痕迹,只有创造,只有丰富而深刻的灵魂,才能相对战胜洪荒,在心的空间自由翱翔。

于是我们便勉力朝这个目标走去。尽管我们知道意义其实仅在过程本身。

(1991年)

文学人生

停笔三年,有一天突然被某种东西所触动,突然又有了飞翔的渴望。重新提笔,写一部新的长篇小说,我被兴奋所充斥。因为找到一种全新的感觉,完全有别于自己以前的风格。这部长篇是女性题材的,但所指不限于女性,指向人性深处。每天工作半天,写两千字左右,感觉很好,有酣畅淋漓之感。能够这么写,让我深感幸福。

力求新颖独特,饱满深厚,这是我在小说创作上的追求,完全不考虑时尚或潮流,也不考虑能否赢得掌声(当然我相信好作品自有人欣赏)。因为对我来说,写作首先是一种内心冲动,是表达的渴望。那些打动我,震撼我,让我思之心痛或者让我温情弥漫,那些引起我深思,激起我赞叹,那些给了我奇妙的感受和独特感觉的种种都是驱使我伏案的动力,我会根据不同的素材找出契合的形式、契合的风格,并力求有所创新。但不会根据外界风向或潮流的变化来制定自己的风格形式。我最不喜欢的就是那种"机会主义写作"。

说到压力,外部的东西不会对我构成压力,我只向内心认定的东西低头(这也是为什么友人说我外表柔弱内心刚毅)。人到中年,更趋于透彻和成熟,外面世界的绚丽繁华更无法诱惑我们了。我惟一担心的是随着年龄增长,自己的思想会老化,会保守,会排斥新东西,会对激情视若无睹。如果说压力,这就是我的压力。我像提防小偷一样提防这种倾向。喜欢和年轻人做朋友也是缘于此,新鲜的生命总是生气勃勃、百无禁忌的。

我从郁郁葱葱的东南沿海城市到北京来已二十五年,现在已变成北方人了。我的家庭生活二十年来一直都还平和稳定,因为彼此相知甚深。我常想婚姻最大的好处就是把激情变成温情(如果天天都是激情燃烧的状态,早就难以为继了),大家互相搀扶,如同亲人。当然也会有分歧和矛盾,但是调整磨合好了,也就往前走了。儿子今年十六岁,热衷于计算机,前不久过生日时花十个小时独立做了一个"古典琴谱网",专为没钱的朋友提供免费下载的琴谱(因为他每次买琴谱时都惊呼琴谱太贵),现在已有几万人访问他的网站。老师总是说他善良、正直、做事执着,我很为他骄傲。他的志向是进清华学电脑科学。上帝相当厚待我,我很知足,也很感恩。尤其此生能够做我们喜欢的事,有时间读书,有机会表达,有能力有心境欣赏自然的美、艺术的美,我非常感恩。

我是一个内心有激情但是躯体惰性十足的人。我不喜欢旅游,不喜欢热闹,不喜欢四处走动,呼朋引类。我似乎更喜欢用心、用感觉去捕捉生活，体悟人生。但我喜欢运动，学生时代我同时是校队和区队的篮球、乒乓球选手，现在我打太极拳（多么悲哀），因为去年骨折后无法做剧烈的运动。身体正常的时候我每天疾走四十分钟，有时也打打网球。当然最爱的还是读书。好书永远带给我们欣喜，带给我们美妙的感受！我非常喜欢诗歌，虽然我从来不是诗人（顺便说一句，国内的诗人里，我很喜欢翟永明，她的诗那么纯粹，近乎天籁）。我也喜欢哲学、美学、神学。当然读得最多的还是文学。西方的现当代文学，中国的诗词曲赋，以及《红楼梦》、《西游记》等，都是我的所爱。

近二十年来的中国文学我认为是成就斐然的，涌现了一大批优秀作家、优秀作品。以我有限的阅读范围和一己的趣味，我喜欢莫言、苏童、余华等，因为他们更显出天分，也更有激情、有个性。这几年较少见到张承志的作品，但他的独立人格和傲岸精神总是令我尊敬，虽然我不见得赞同他的全部看法。

生活太现实，太芜杂了，灵魂会感到痛苦，这也许就是我们选择艺术的全部理由。我们沉浸于文学、美术、音乐中，以此抵御平庸、功利和琐碎。虽然这种浸泡既不是无限的也不会是全能的，短暂的陶醉后，我们还得回到现实中，但如果没有这种浸泡，没有艺术之光的美妙辐射，我们对现实的认识，我们在现实中所能达到的耐力、韧性和超越，恐怕都会大打折扣。无论如何，艺术使我们在丑陋中看到美，在黑暗中看到光，在绝望中心存期待。我从来不后悔此生选择文学,哪怕它带给我们的除了美妙的愉悦外还有辛劳和清贫。

真的,我感谢这份"文学人生",是它使我们单薄的生命,凭空地丰满起来。

(本文根据《文学报》的在线采访整理)

(2003年)

女性散文及其他

近几年,女性散文"此起彼伏",形成了相当的阵容,所以文坛有阴盛阳衰之说。当然,这只是一种说法,不见得准确。同时,也有人对女性散文的蓬勃兴盛心存疑虑,生怕散文因此而日见阴柔。这当然可以理解。不过我想,真正优秀的女作家是不会被性别所局限的。她们不会沉溺在缠绵、感伤、纤细的女性情怀里。她们所关注的是人的普遍情感,是人类面临的共同问题。而且女性也不见得全都阴柔,事实上,在一些女作家那里,我们也常常可以看到激昂、刚烈之作。

当然,就整体来说,女作家应该注意超越性别的局限。

散文是做不出来的。真切的生命体验是散文家创作的原动力。对女作家来说,写作很多时候是生活压迫的结果。不过仅仅这样是不够的。作家不仅应听从生活的召唤,还应具有自觉的创造意识,不仅仅要倾吐,还要创造,要努力让倾吐成为艺术,成为高品位的艺术。所以,写作者应该有文体意识、创造意识。面对每一份素材,作家绝不应听凭惯性使然,草率成篇,而应该找到最适合那份素材的结构、语言、形式（我从来相信不同的素材要求不同的形式，即内容与形式具有同构关系），并力求其新，力求其好，力求其有意味，耐咀嚼。

所谓寻找形式，也并不意味着就是大运匠心，雕琢铺陈。事实上，有才能、成熟的作家寻找形式的过程，有时候恰恰是在下意识里完成的，是在直觉的层面上就完成了的，也就是常说的"浑然天成"、"得来全不费工夫"。当然这是他长期修养磨练的结果。有了文体意识自然就有了创新意识，因为只要你承认形式本身自有价值，你就不能容忍形式上的重复、雷同，你就会"喜新厌旧"，要求自己不断超越、不断创造出新的有魅力的形式来。我觉得散文创作的现状是对文体、对创新重视不够，而不是重视过多，所以很有必要引起重视。

不应该自己把散文禁锢起来，不应该自己对自己说，散文只能这么写，不能那么写。我相信散文应该有多种可能性，多种创新途径。比如散文应该不仅能写实，也能"写虚"；不仅能表现写作者某种真切实在的具体发现，也能传达写作者特定情境下那种朦胧、飘忽的雾样感觉，再现种种或直线、或流线、或放射线、或块状、或团状、或泥沙俱下滚滚而来的心灵震颤。

说实话，对于散文老是四平八稳、一步三叹、人云亦云、光滑平庸我感到十分厌倦。散文是最见作者思想、心灵、才情、个性的一种体裁，也应该是最见作家创造力的一种体裁。我们太应该在这两方面下工夫，力争有所突破、有所成就了。

必须不再仅仅倚仗灵气、直觉,以及个体那有限的生命体验写作。必须广泛读书、思考,研究人性,关注人类的处境和状况,使创作主体的思想日益丰富、深刻、敏锐。其次,还应该有强烈的变革意识,不因循守旧,不墨守成规,广采博收,从二十世纪丰富绚烂的文学成果中汲取营养。在文体上、语言上创新拓展,创造出真正属于这个时代的新百家手法、新百家风格来。

读书对女作家尤为重要。一般来说,女性本来就长于抒情、敏于感觉而拙于思想。女作家要想突破女性固有的局限,使作品不但富于才情而且具有开阔的思维和深厚的内涵,就应该广泛地阅读、思考,不仅仅关注女人,也关注整个人类,成为人类心灵的代表。换言之,应该以一个敏于思考、富于智慧,具有广泛性与包容性的人的角度审视世界,透视人生,记录民族灵魂,表现人类的迷惘、痛苦与抗争。

(1991年)

跋

由于身体的缘故(严重的颈椎病,无法持续低头打字),这些年我写得少了,转而以大量的阅读"为生"。读哲学,读历史,读宗教文献,读中医典籍……阅读越多,感觉文学越小,感觉文学所能承载、能担当、能影响的实在有限。当年狂热地视文学为天下第一圣事的劲头自然不复,甚至是,和文学竟然有些渐行渐远了……直到重新检校这堆年轻时、中年时写下的文字,方才惊觉,无论现在思想有多大的变化,也无论将来生活与兴致还会有多少流徙变迁,此生的重头戏是已经交付给文学了。

俄坚格桑多杰活佛曾说我前世是个修行人。重读旧作后我想他也许所言不虚。虽然这个曾经的修行人此生是一边迷茫空寂,一边执著激烈;一边慵懒怠惰,一边辛辛劳作。或许正因前世修行时俗缘未绝,尘心未了,此生才又投到人间当作家,把前世未了的情义在今生以文学的形式重新铺陈演绎一番?

总之,虽然此刻我的思想较这四本书所呈现的已是大不同,我还是要庆幸年轻时选择了文学,并且深深感谢上苍赋予我些许才情,使我在重新检校时没有脸红,没有后悔年轻时误打误撞，以一颗枯寂与不才的心灵冒用了文学的名义。

斯 妤
2012年元月于北京